**Für meine Eltern.**

DAVID ZAVODNY

# BALD WIRD ES HELL

## 22 KURZGESCHICHTEN

Bibliografische Information der
Deutschen Nationalbibliothek:
Die Deutsche Nationalbibliothek verzeichnet diese Publikation in der Deutschen Nationalbibliografie; detaillierte bibliografische Daten sind im Internet über http://dnb.dnb.de abrufbar.

© 2016 **David Zavodny**

Umschlaggestaltung: **Tim Anton**
Umschlagfoto: **Stephan Zavodny**
Satz: **Tim Anton**
Weitere Mitwirkende: **Axel Eghtessad, Sven Vogler, Winfried Zavodny**

Herstellung und Verlag: BoD - Books on Demand, Norderstedt

ISBN: 978-3-**7412-0813-3**

# Inhalt

Steh auf, Junge!........................ 7
Tom liebt Lilly......................... 11
Dienstag Abend ........................ 18
Güterzug............................... 22
Für Geld ............................... 26
Die Narbe.............................. 33
Morgen danach......................... 40
Bald wird es hell....................... 46
Frankie ................................ 52
Hölle .................................. 58
Andri war ein Freund von mir .......... 62
Ostkreuz - Hässliche Seite.............. 75
Zeit zu gehen .......................... 79
Songwriter ............................. 84
Privatdetektiv.......................... 88
Die Bestrafung......................... 97
Tänzerin .............................. 105
Rosemary.............................. 109
Ein ganz altes Lied .................... 118
Am Strand ............................ 122
Der Zwerg tanzt ....................... 125
Liebe.................................. 130

## STEH AUF, JUNGE!

"Hey! Steh auf, Junge!", sagt die Stimme, die langsam lauter wird. Er macht die Augen auf und schaut den schwarzen Typen, der aussieht wie Danny Glover und sich über ihn beugt, so an, als sei es ihm lästig, geweckt zu werden. Er wäre ja auch gern noch liegen geblieben - Rinnstein hin oder her. "Haben dir aber übel die Fresse poliert", sagt der Schwarze, während er ihm auf die Beine hilft. "Du solltest mal die Anderen sehen", antwortet er taumelnd und lacht dabei so heftig los, dass ihm noch ein bisschen Blut aus dem Mund übers Kinn läuft. Er lacht immer weiter und hört erst damit auf, als Mr. Glover längst kopfschüttelnd in den nächsten Kiosk gegangen ist. Nach dem Lachen muss er kotzen und erst dann fühlt er, wie sein Gesicht aussehen muss.

Er hätte es sich gerne angesehen, aber da ist einfach nichts, worin man sich spiegeln kann. "So sollten mich mal meine Eltern sehen", denkt er mit einer Schadenfreude, die ihm am meisten wehtut. - "Benny, hetz doch nicht so - Geh doch einmal pünktlich los - Geh nicht bei Rot über die Straße!" - Und da fällt ihm auch wieder ein, dass er ja Benny heißt, vor drei Monaten noch fleißig studiert hat - beste Noten - und sich, bis vor einer Woche, das letzte Mal geprügelt hatte, als er vierzehn Jahre alt war. Jetzt das dritte Mal in einer Woche. Immer das gleiche Muster. Theke, saufen, Streit anfangen. Das erste und das zweite Mal waren nicht ganz so schlimm, weil immer irgendwer dazwischen ging, um den "verrückten, kleinen Penner" zu retten.

Heute war das anders.

Er stürzte sich auf eine Gruppe von drei besoffenen, kräftigen Typen - je größer und stärker desto besser - und wurde nach allen Regeln der Kunst kaputt geprügelt. Vor allem einer von denen konnte nicht ertragen, dass Benny immer wieder aufstand, sie weiter beleidigte, sich über sie lustig machte. Der Kerl war so fassungslos rasend vor Wut, dass die anderen beiden bald gar nicht mehr mit zuschlugen und irgendwie teilnahmslos danebenstanden, so als ob sie warten müssten, bis ihr Kumpel mit dem Pissen fertig ist, damit sie endlich weiter ziehen könnten. Vor dem Schlag, der Benny endlich besinnungslos werden ließ, schaute der Schläger ihn beinahe verzweifelt an. Hätte einem fast leidtun können. Dann mit voller Wucht gegen die linke Schläfe. Benny hätte ihnen aber auch wirklich nicht auch noch auf die Straße nachlaufen müssen. "Selbst Schuld" - "Schwuchtel" -" Nicht bei Rot über die Straße gehen!" "Alkohol."

Alkohol hatte er immer nur in Maßen getrunken, gern, aber nie exzessiv. Rauchen. Nie. Und jetzt fragt er sich, warum nur noch eine Zigarette in der Packung ist, die er vor ein paar Stunden gekauft hat. Eine Flasche harten Alkohol, um den Tag über die Runden zu bringen. Abends Kneipen. Gibt ja genug davon in der Stadt, in der er seit vier Jahren wohnt. Zum Glück wohnen seine Eltern woanders. Zweimal ist er zu dem Therapeuten gegangen, den sie ihm aufgedrängt hatten. "Geh da hin, Benny." - "Das wird dir helfen." - "Du hast keine Schuld." - danach nie wieder. Telefonieren. Einmal die Woche lügen, dass es besser geht. Zur Uni - nie wieder.

"Sie verstehen gar nichts. Mich hat das getroffen, nicht sie", denkt er, als er sich an die neue Theke setzt. Der Typ dahinter schaut prüfend auf sein zerschlagenes Gesicht. "Hast du Geld?" Als Benny einen Zwanziger rausholt, ist er zufrieden. "Nie konntest du pünktlich sein, Stück Dreck", murmelt Benny vor sich hin. Wobei das nicht ganz zutrifft. Das Hauptproblem war das nicht rechtzeitig losgehen. Immer nur hetzen, rennen, ganz in Gedanken. Nur eine Minute früher hätte er losgehen müssen und er hätte sein Leben noch. Jetzt würde er für den Rest seines Lebens rechtzeitig losgehen, wenn er denn Termine hätte. Da ist er sich ganz sicher. Aber genauso sicher, dass das nichts mehr ändern kann. Und dann kommt wieder die Wut. "Benny, hetz doch nicht so" - "Geh doch nur einmal pünktlich los ..." "Mit 28 Jahren musste ich mir noch diese Scheiße anhören. Immer wieder." Er kippt zuerst den Wodka runter, der nun vor ihm steht, dann den ersten Schluck von dem Bier. Hetzen, rennen, ganz in Gedanken. Er fragt sich, wie spät es ist, welcher Tag, welches Datum. Er glaubt, es ist Donnerstag, aber er weiß es nicht.

Er weiß nur noch, was vor drei Monaten war. Und wenn er daran denkt, dann muss er trinken, so viel trinken. So viel trinken, dass der 18. Januar 8.37 Uhr aus seinem Kopf gespült wird.

Die letzten Tage funktioniert das nicht mehr und dann muss er geschlagen werden. Hart, frontal, mit 80 Sachen, bis er nicht mehr aufstehen kann vom Boden. "Benny, du hast keine Schuld." Gehetzt trinkt er sein Bier weiter und schaut sich in der Kneipe um. Es war schon ziemlich leer, als er reinkam. Jetzt sitzt nur noch ein alter Mann an einem der vorderen Tische und zwei schlecht geschminkte Frauen um die Fünfzig schräg hinter ihm. Leider niemand da zum Streit anfangen und bluten. Er stellt das leergetrunkene Glas auf die Theke, beugt sich langsam vor und legt seinen Kopf links daneben. Die Augen Richtung Ausgang. Nicht bei Rot ...

Er sieht sich eine Straße lang rennen. Es ist kalt. Er weiß, er kommt zu spät zur Uni. Das war den ganzen Morgen klar. Er rennt immer schneller. Vor der S-Bahnhaltestelle ist eine viel befahrene Straße. Einige Leute warten an der Ampel. Warten auf Grün. Die Straße ist aber frei. Aus den Augenwinkeln sieht er ein Auto angerast kommen. Aber er weiß, er ist schnell genug. Er ist schon auf der anderen Straßenseite, als er ein dumpfes Krachen hört. Etwas fliegt durch die Luft und landet auf dem Asphalt. Der siebenjährige Junge mit dem hässlichen grünen Schulranzen ist ihm wohl reflexartig hinterher gelaufen. Vielleicht dachte er auch, es sei nicht mehr rot, wenn Benny rüber läuft. Hetzen, rennen, ganz in Gedanken. Eine Frau schreit, ein Autofahrer weiter hinten hupt. Benny bleibt wie erstarrt stehen. Es kommt ihm so vor, als hätte er sich erst Minuten später umgedreht. Aber das kann nicht sein, denn als er zurückblickt, rollt immer noch ein Apfel Richtung Bürgersteig. Dann der Blick, wie in Zeitlupe, nach rechts.
"Steh auf, Junge ..."

## TOM LIEBT LILLY

Es gibt so Momente, da hat Tom das Gefühl, dass er was erreichen kann. Bereit für was Großes ist. Dass er eine Frage, die lange schon gestellt werden wollte, ganz plötzlich beantworten kann. Die alles entscheidende Frage. Die Frage, die man beantworten muss und alles ist anders. Vielleicht auch einfach nur zuzugreifen - im richtigen Moment das Unerwartete zu tun. Ja, es gibt so Momente, aber es gibt auch ein Problem. Tom ist feige. Er hat es oft vor anderen verheimlichen können, aber er ist feige. Mit diesem Gefühl geht er tagsüber durch die Straßen. In letzter Zeit geht er aber nicht mehr so viel durch die Straßen, denn meistens liegt er tagsüber bei Lilly im Bett.

Lilly ist Polin und ein Schmetterling, mit allen positiven und negativen Eigenschaften, die das eben so mit sich bringt. Wie oft fragt er sich, was sie an ihm findet. Sie muss doch merken, dass er feige ist. Aber mit Mädchen hatte er sowieso nie richtig Probleme. Seine Fassade funktioniert schon gut. Zurückgeklatschte Elvis-Haare, Kippe ständig im Mundwinkel, weit aufgeknöpfte, enge Hemden. "Sehen die nicht, dass ich gar keine anständigen Brustmuskeln habe, viel zu dünn bin?", denkt er oft und hat dabei diesen "Da muss es doch noch etwas anderes geben"-Blick, der wahrscheinlich bei den Mädchen am besten funktioniert.

Bei Männern funktioniert das aber überhaupt nicht. Die denken wohl eher, dass er blöd ist oder wenigstens naiv. Ein Verlierer, der zu viel träumt. Bei Typen hat er

noch mehr das Gefühl, dass sie ihn durchschauen und das versucht er zu überspielen. Er redet dann sehr viel, um dadurch stärker zu wirken. Dabei redet er in Wahrheit nur ungern, denn wenn man redet, kann man sich auch verraten. Singen macht da schon mehr Spaß. Mit Lilly singt er viel, wenn sie so im Bett liegen, rauchen, was trinken.
"You must leave now, take what you need, you think..."
"I saw her today, I saw her face, it was the face I love ..."
"I told you once I told you twice..."
"Come on, Come on!"

Alles, was im Radio läuft, dazu singen sie mit. Können auch gerne mal deutsche Schlager sein oder was von Maffay. Und bei jedem Lied, egal ob es passt oder nicht, singt er tief. Richtig tief. Denn einer, der so tief singt, kann unmöglich ein Feigling sein. Lilly singt auch gerne, während sie Wäsche aufhängt, Kaffee kocht oder was auch immer tut. Er bleibt im Bett liegen, schaut ihr zu und dann merkt er immer, dass das was Besonderes ist, was anderes als mit den vielen davor - obwohl sie sich erst seit sieben Wochen kennen. Jahrelang könnte er ihr zusehen, aber das Leben kann nun mal nicht immer so schön sein.

Manchmal will auch Lilly reden. Über richtig ernstes Zeug.
"Ich weiß gar nichts über dich."
"Was meinst du denn jetzt?"
"Da gibt es so viel ... zum Beispiel, ich weiß nichts von deinen Eltern."
"Dachte, du wolltest was von mir wissen."

"Ich habe dir erzählt, dass meine Mutter und Vater noch leben. Kleine Stadt."
"Meine Mutter wohnt woanders. Hab sie drei Jahre nicht gesehen."
"Das ist schade ... und dein Vater?"
"Ist gestorben. War ich vier, glaub ich. Er ist einfach umgekippt. Herzanfall. Hat sich in der Küche plötzlich gekrümmt, hat aufgeschrien. Hab den Schrei in meinem Zimmer gehört. Klang mehr wie ein Wimmern. Komisch ... da war er jünger als ich jetzt, glaub ich."
"Das ist schlimm."

Lilly küsst ihn, drückt ihn an sich. Aber in solchen Momenten mag er das nicht. Er fühlt sich schwach, ausgeliefert.
"Schon gut. Erinnere mich ja kaum."
Stille. Dann spricht er weiter:
"Irgendwann werde ich Geld machen. Viel Geld. Das will ich. Sonst weiß ich gar nichts."
"Will mal zurück nach Polen. Will das Haus meiner Eltern zurückkaufen von der Bank."

Lilly hat das schon oft erzählt und das tut Tom dann immer irgendwie weh. Ob er will oder nicht. Heute ist auch noch Freitag, was es besonders unangenehm macht, denn er weiß, gleich muss er aufstehen und wird Lilly erst am Sonntag oder Montag wiedersehen. Er muss zur Arbeit. Hinter die Theke von Viktors Bar. Viktor ist Deutscher und ein Arschloch. Und es ist ziemlich klar, dass er nicht mit der Bar sein ganzes Geld verdient. Tom wird von ihm meistens so behandelt, als wär er gar nicht da.

"Mach dies, mach das - schneller - die Scheiße muss ...", sonst redet er kaum mit Tom. Aber Tom ist ja gut zu gebrauchen. Oft denkt er, er sei unsichtbar. Die Schicht verläuft normal. Der gleiche Mist wie sonst auch. Aber die ganze Zeit ist Tom etwas unruhig und hat das Gefühl, dass auch Viktor irgendwie nervös ist. Er sitzt an einem der hinteren Tische und raucht eine nach der anderen.

Fünf Uhr. Die letzten Gäste sind endlich raus. Tom wischt gerade die Theke ab, als ein seltsam großer Typ die Bar betritt. Tom hat ihn irgendwo schon mal gesehen. Viktor steht vom Tisch auf, geht auf den späten Gast zu, begrüßt ihn. "Bruno noch nicht da?", fragt der Riese mit breitem russischen Akzent. "Nein, noch nicht", antwortet Viktor. In dem Moment klingelt sein Handy, das noch auf dem Tisch liegt. Er geht zurück zum Tisch, nimmt das Handy und liest die SMS, die gerade angekommen ist. Schon beim Lesen fängt er an, rumzubrüllen: "Ich hoffe, dieses Stück Scheiße krepiert im Krankenhaus! Verdammter Alkoholiker!" Und so weiter und so weiter. "Bleib cool", sagt der Russe entspannt. "Nehmen wir eben einen anderen." "Und wen?!", schreit Viktor. "Den da!" Der Russe zeigt mit seiner Riesenhand auf Tom. "Der?!", antwortet Viktor ungläubig. "Warum nicht. Der bringt das. Steht nur daneben. Ich mag Junge." Viktor guckt genervt durch die Gegend, zögert kurz, nickt dann und geht eilig ins Hinterzimmer. Tom zündet sich eine Zigarette an. Der

Russe grinst ihn an. Als Viktor mit einem Koffer in der Hand zurückkommt, verlassen die drei sofort die leere Bar. Es ist noch dunkel, wird aber langsam hell, als sie in dem Wagen, mit dem Riesen am Steuer, ihr Ziel erreichen. Toms Hände sind klatschnass. Sie steigen aus. Der Riesen-Russe holt eine Pistole raus, steckt sie ihm in den Hosenbund und gibt ihm einen Klaps auf die rechte Wange. "Wirst nicht brauchen, aber schadet nicht. Und mach Jacke zu."

Tom ist in dieser Gegend noch nie gewesen. Ein trister Straßenzug mit vielen beschmierten Häuserwänden. Sie gehen in ein heruntergekommenes Mietshaus, das anscheinend leer steht. Eine Treppe nach oben, dann durch eine geöffnete Tür in eine Wohnung.

Dort warten schon ein finsterer Typ, der sogar noch größer ist als Viktors Riesenfreund und ein hagerer Anzugträger mit einem Koffer in der Hand. "Noch ein Koffer", denkt Tom und schaut dann leise atmend auf den Koffer, den Viktor festhält. Die beiden Riesen gehen aufeinander zu, fangen an zu lachen, begrüßen sich freudig auf Russisch, umarmen sich, küssen sich auf die Wange. Sieht richtig lächerlich aus und Tom hätte wohl gelacht, wenn nicht so eine Angst immer mehr in ihm aufsteigen würde. Viktor und der Anzugträger stehen nur so da, während die Riesen weiter Freundlichkeiten austauschen. Tom steht etwas abseits an der Tür. Plötzlich ist es totenstill. Keine Freundlichkeiten mehr. Sie starren sich schweigend an und dann fängt der größere Riese an, den kleineren anzubrüllen. Hasserfüllt, drohend. Der Kleinere brüllt zurück und sie fangen an, sich an die Kehle zu gehen. Tom zittert am ganzen Körper. So hat er sich schon auf dem Schulhof gefühlt, wenn sich welche geschlagen haben oder auch bei Kneipenschlägereien. Die Beiden schlagen übel aufeinander ein. Viktor weicht erschrocken zurück. Der im Anzug fängt auch an rumzubrüllen und zieht einen Revolver. Kurz richtet er die Waffe auf Tom, dann auf Viktor, bevor er versucht die kämpfenden Riesen zu trennen. Er zerrt an ihnen herum, ohne Erfolg. Tom schließt die Augen. Das Gebrüll wird immer schlimmer. Etwas drückt gegen seinen Bauch. Hart, kalt, unangenehm. Die Pistole. Eine richtig schicke Halbautomatik, wie er sie aus den Gangsterfilmen kennt, die er so gerne sieht. Lilly schaut ja lieber langweilige Filme, wo immer nur geredet ... - BANG - BANG - BANG! Tom muss die Augen wieder aufgemacht haben. Der Anzug-Typ und sein riesiger Freund liegen tot am Boden. Tom hat die Waffe noch in der Hand. Viktor und sein Russe, der Tom die Pistole beim Auto zugesteckt hat, stehen völlig bewegungslos da. Tom auch. Dann grinst der Russe. 21 - 22 - Tom feuert. Feuert, bis das Magazin leer ist. Der erste Schuss trifft Viktor mitten ins Gesicht. Die anderen Kugeln treffen den Russen. Mit eingefrorenem Grinsen bricht er zusammen und landet auf dem Koffer, den Viktor eben noch festhielt. Es ist nicht einfach, die drei Zentner vom Koffer runterzukriegen, aber Tom schafft es. Er öffnet ihn. Jede Menge Geld. Wie mechanisch macht er den Koffer wieder zu, wischt mit seinem Ärmel den Griff der Pistole ab, lässt sie fallen und geht schnell, aber ruhig, nach draußen. Der zweite Koffer interessiert ihn nicht.

Es ist hell jetzt und er fühlt keine Angst. Auf den ersten Metern fühlt er gar nichts. Den Koffer hält er ganz fest und plötzlich denkt er an Lilly. Er greift in seine Hosentasche und merkt, dass er sein Handy in der Bar vergessen haben muss. Am Ende der Straße sieht er eine Telefonzelle. Da will er hin. Mehr will er nicht - nur dahin. Er will Lilly anrufen, ihr sagen, dass sie ihren Kram zusammenpacken soll. "Ich hab's geschafft, Baby. Wir nehmen den nächsten Bus Richtung Osten. Come on, come on!" Und da fühlt er eine unglaubliche Euphorie in sich aufsteigen. Er lächelt und weint fast dabei. Er geht immer schneller. Schneller. Dabei merkt er, dass sein linker Arm wehtut. Es ist aber nicht der linke Arm. Es ist die linke Seite seines Brustkorbs. Kurz bleibt er stehen, versucht zu atmen, krümmt sich. Er hechelt, aber hört sich dabei nicht. Er läuft weiter. Die Häuserfassade rechts von ihm rast neben ihm vorbei wie Leitplanken auf der Autobahn - grell - betrunken. Die Telefonzelle. Kleingeld. Ein Griff an die Brust. Er wählt die Nummer, hört das Freizeichen. Wartet. - 21 - 22 - ein heftiges Zucken - er schreit kurz auf und fällt.

Lilly liegt im Bett und hebt verschlafen den Hörer ab. "Hallo?" Kein Geräusch ist am anderen Ende der Leitung zu hören. Sie legt wieder auf. "Wer war's denn?", fragt der Typ, der eng hinter ihr liegt.

## DIENSTAGABEND

Plötzlich ist sie ganz kalt. Sie dreht sich weg, setzt sich auf den Rand ihres Bettes, hebt ihr Oberteil auf, das davor auf dem Boden liegt, zieht es an und schweigt. Er spürt dieselbe alte Angst in sich aufsteigen, die er schon so oft gefühlt hat. Die Angst, sie zu verlieren. Schon wieder zu verlieren, bevor es wieder richtig angefangen hat.

Er will ruhig bleiben, kann er aber nicht. Panik. Er fragt: "Alles okay?" "Das hier ist ein Fehler. Wir hätten das nicht tun dürfen", lautet ihre Antwort. "Das kann nicht dein Ernst sein ... warum ... warum hast du dich dann überhaupt mit mir getroffen ... mich mit in deine Wohnung genommen?" Er merkt, wie es ihm die Kehle zuschnürt, merkt, wie ihm Tränen in die Augen steigen. "Hab mich halt allein gefühlt ...", sagt sie mit trauriger Stimme.

Die Tränen sind da und das macht ihn wütend. Dann sagt sie: "Geh jetzt, bitte." Er packt sie am Arm und schreit sie an: "Was glaubst du, wie oft du das noch mit mir machen kannst?" Seine Stimme bricht dabei. Geht auf so eine krächzende Art nach oben. Das ärgert ihn. Es klang so lächerlich. Zum Auslachen. Sie sagt: "Du tust mir weh." Er antwortet: "Nein, du tust mir weh." Dann lässt er sie los. Zieht seine Unterhose unter der Bettdecke an, kommt sich dabei noch lächerlicher vor, steht auf, sucht sich seine restlichen Klamotten zusammen und sieht kurz sein Spiegelbild im Fenster. Mittlerweile ist es Nacht. Sie hat im Flur gewartet, neben der Wohnungstür, wohl um ihn zu verabschieden. Er bleibt vor ihr stehen und schaut in ihre Augen, während er noch seine Jacke anzieht. "Tut mir leid", sagt sie. Er zögert, sagt dann aber: "Du hast das genauso gewollt wie ich. Das bedeutet doch was. Ich glaube ... ich glaube, wir können es schaffen. Ich verstehe, dass du verwirrt bist." Sie schaut an ihm vorbei, während sie sagt: "Ich war betrunken." Er schluckt die Tränen die Kehle runter, sagt zu ihr "Stück Dreck" und geht aus der Tür.

Auf der Straße ist es menschenleer und noch immer sehr warm. Er zündet sich eine Zigarette an und fängt an zu gehen - ohne Ziel. Er fragt sich, ob er nicht das tun sollte, was er sich, als er noch jünger war, immer vorgestellt hat. Gewünscht hat. Nach Hause gehen, ein gutes Küchenmesser aus der Schublade ziehen und damit direkt zurück zu ihr. Klingeln. Warten. Und wenn sie aufmacht, das Messer nehmen und es sich immer wieder vor ihren schönen Augen in den Bauch stoßen - immer wieder - und sie dabei fragen: "Willst du das?! Willst du das?! Willst du das?!" Dann halbtot in die Knie gehen und ihr in einem letzten verzweifelten Wimmern ins Gesicht kreischen: "Ich hoffe, du wirst nie glücklich in deinem Leben!" - und verrecken.

"Ja, die guten alten Tage kommen nicht zurück", kommt ihm in den Sinn und er überlegt, aus welchem Song die Zeile stammt.

Diese rostige Kette von Gedanken führt ihn in eine Bar, die noch geöffnet hat. Er setzt sich an die Theke. Nur noch wenige Leute da. Der Wirt hat ihm gerade sein bestelltes Bier hingestellt, als ein kleiner, kräftiger

Typ am anderen Ende der Theke rüber ruft: "Ey, was guckst du so blöd? Kommst dir wohl ganz wichtig vor, wa?" Er kennt diese Scheiße. Irgendwie zieht er sowas an. Vor allem, wenn er nur seine Ruhe haben will. "Nee, ich bin unwichtig. Genauso unwichtig wie du." Die Reaktion konnte er sich einfach nicht verkneifen. Dafür hat er zu viel Wut im Bauch. "Willst du dich mit mir schlagen? Na, was ist, Schwuchtel? Was ist, Schönling?" Immer die gleichen dummen Sprüche, die dumm von der Seite angeflogen kommen. Einmal hat ihn sogar mal einer" Scheiß-Schwuler" genannt, als er grad mit einem Mädchen rumgeknutscht hat. Er zündet sich gewollt lässig eine an und sagt: "Wenn dir nichts Besseres einfällt, du Idiot. Komm her."

Der Typ guckt so, als bekäme er endlich das, worauf er den ganzen langweiligen Abend gewartet hat und setzt sich in Bewegung. Kurz vor seinem Ziel geht der Wirt dazwischen. Der ist genauso kräftig und zwei Köpfe größer. "Hör auf mit dem Scheiß, Tommy. Der tut dir nix. Sitzt einfach nur da und will sein Bier trinken." Die Beiden diskutieren noch ein bisschen, aber er hört gar nicht mehr zu. Ist ihm alles egal heut Abend. Der kleine Bulle geht irgendwann und der Wirt schüttelt genervt den Kopf. Fast Meditation, sein Bierglas anzustarren.

Aber die Meditation wird unterbrochen. Ein grellgeschminktes Mädchen hat sich auf den Barhocker neben ihm gesetzt und sagt: "Wie cool du eben geblieben bist, fand ich echt cool." Diesen großartigen Satz lässt er sich nochmal auf der Zunge zergehen. Es dauert, bis man ihn ganz erfasst hat. "Vorsicht - Vorsicht - sieht so aus, als hab ich es hier mit einer Intellektuellen zu tun", denkt er und muss aufpassen, nicht zu lachen. Früher hätte er sich deswegen geschämt. Bis er eines Tages begriffen hatte, dass die ganzen süßen, lieben, so wahnsinnig verliebt wirkenden Mädels jederzeit plötzlich einen großen Backstein rausholen und einem damit eiskalt in die Fresse hauen können. Und dann ist man Tage, Wochen, Monate lang damit beschäftigt, auf dem Boden rumzukriechen auf der Suche nach seinem eigenen Gesicht.

Er redet ein bisschen mit ihr. Ist nicht gemein, aber auch nicht besonders freundlich. Sie rauchen beide ziemlich viel und irgendwann küsst sie ihn und sagt: "Ich wohn hier um die Ecke. Wollen wir nicht noch 'nen Kaffee trinken?" Das mit dem Kaffee hatte sie vorher schon mehrmals erwähnt. Er grinst. Was anderes fällt ihm nicht ein. Sie verabschiedet sich kurz, um zur Toilette zu gehen. "Lauf nicht weg."

Der Wirt stellt hinter ihm schon die Stühle auf die Tische. Dienstagabend. Er zündet sich die letzte Zigarette an, die noch da ist, trinkt sein Bier aus. Das Handy in seiner Hosentasche vibriert kurz. Eine SMS ist angekommen, und er weiß, von wem.

## GÜTERZUG

Immer wenn draußen, in einiger Entfernung, einer der vielen Güterzüge an der kleinen Reihenhaussiedlung vorbeirauscht, fängt das abgewaschene Geschirr, das auf der Küchenspüle steht, zu klappern an. Manchmal richtig laut. Seine Frau hat ihm das schon oft zum Vorwurf gemacht. Einige Male sogar angebrüllt, dass er sich doch hätte informieren können über die Lage des Hauses, dass er schuld sei, dass sie in so einem "Drecks-Haus" leben müssen. Sie und ihre gemeinsame Tochter, die noch nicht mal ein Jahr auf der Welt ist. Es gäbe sicher Frauen, die sich freuen würden, in diesem Haus zu wohnen. Aber so kann er nicht denken. Zumal er selbst bei der Bahn tätig ist und seit einiger Zeit den Gedanken nicht loswird, dass er ganz persönlich schuld an den Zügen ist, die da mehrmals täglich den häuslichen Frieden stören. Er alle ins Unglück gestürzt hat.

Über solche Dinge denkt er nach, wenn er in der Küche steht, Gemüse schneidet und sich mit aller Kraft bemüht, das Gestöhne aus dem Schlafzimmer nicht zu hören. Er kümmert sich um die Hausarbeit, spült das Geschirr, stellt es dann auf das Gestell auf der Spüle zum Trocknen, kocht gesund und füttert dann seine Tochter, die im Hochstuhl sitzt. Manchmal, wenn das Gestöhne am Ende des Flurs zu laut wird, muss er dann plötzlich weinen und fängt an zu wimmern: "Bitte, hört doch auf, bitte."

Und das kleine Mädchen, das er so sehr liebt, schaut ihn dann immer mit ganz großen Augen an und wundert sich vielleicht, dass Papi in ihren Bananen-Brei tropft. Er lächelt sie dann immer an und spricht mit ihr, dass alles gut ist. Er ist jetzt vierundvierzig Jahre alt und wollte schon immer Vater sein. Ist noch nicht lang her, da war er noch ein wirklich attraktiver Mann und seine zehn Jahre jüngere Frau, die alle so schön finden, passte noch bestens zu ihm. Er weiß nicht, wann die Schienen eine plötzliche Biegung machten, und alles anfing, schlimm zu werden. Abstellgleis. Ein anderer ist mit seiner Frau im Schlafzimmer. Im ersten Monat jeden Donnerstagnachmittag, jetzt im dritten Monat oft mehrmals die Woche.

Anfangs ging er noch mit seiner Tochter aus dem Haus, während der Fremde in seinem Schlafzimmer war. Seit etwa einem Monat aber nicht mehr. Irgendetwas hindert ihn, in diesen Stunden die Wohnung zu verlassen. So als dürfe er sein Gebiet nicht völlig aufgeben. Bei einem dieser Nachmittage letzte Woche schnitt er in der Küche eine Gurke. Er schnitt immer schneller und dachte dabei kurz, dass sie doch - verdammt nochmal - leiser sein müssten, schon aus Rücksicht aufs Kind. Immer schneller, immer schneller. Die Gurkenstücke schwammen im Blut. Der Schnitt in seinem Finger war bis auf den Knochen.

Später, als der Eindringling gegangen war und sie im Bademantel in die Küche kam und seinen verbundenen Finger sah , sagte sie nur kurz "Trottel" und nach einem Kuss für ihre Tochter ging sie ins Badezimmer. Als sie nach einer halben Stunde zurückkam, war sie ganz verheult. Sie umarmte ihn von hinten, als er am Fenster stand und so blieben sie eine Weile. Er betrachtete dabei die entfernten Eisenbahnschienen und fühlte dabei schmerzlich, dass sie etwas brauchte, das er ihr niemals geben konnte. Vielleicht niemand geben konnte.

"Ein Schwächling bin ich. Armselig." Das denkt er immer öfter. Und muss dann vor allem an den ersten Nachmittag denken, an dem seine Frau ihren Besuch mitbrachte. Er weiß noch genau, wie unsicher, abwartend dieser Kerl ihn angeschaut hat. Vermutlich hätte er nur zu sagen brauchen: "Verschwinden sie aus meinem Haus und lassen sie meine Frau in Ruhe." Der Kerl wäre gegangen. Ganz sicher. Zumindest sein Haus wäre geschützt geblieben und er müsste jetzt nicht dieses Gestöhne ertragen. Sie hat wieder Besuch. Diese Woche schon zum dritten Mal.

Er schneidet Gemüse. Immer schneller. Die Geräusche aus dem Schlafzimmer werden immer lauter. Sein kleines Mädchen sitzt wie immer im Hochstuhl und beschäftigt sich mit ihrem Schnuller. Er will sich wieder schneiden. So tief. Tiefer als je zuvor.

Plötzlich hört er auf. Er legt das Messer auf die Arbeitsplatte und geht zum Fenster. Ruhig liegen die Gleise vor ihm. Es ist sonnig. Die Geräusche werden immer lauter. Er hält sich die Ohren zu. Sie werden noch lauter. Er fällt auf die Knie und weint ohne Halt. Nur ein paar Sekunden lang. Einen Moment bleibt er noch knien. Dann steht er auf und geht zurück zur Arbeitsplatte.

Das Gestöhne hört auf. Die Beiden liegen verschwitzt im Bett. Sie auf ihm. Ein Schrei und ein lautes Poltern zerreißen die Stille. Keiner der Beiden wagt sich zu bewegen. Sie liegen wie eingefroren und schauen sich ängstlich an. Die Türschwelle knarrt. Langsam dreht sie sich um. Ihr Mann steht da. Das Messer in seiner Hand ist rot. Das Geschirr auf der Spüle fängt zu klappern an.

Gerade fährt ein Güterzug vorbei.

## FÜR GELD

Karl und ich sitzen schon ziemlich lange im Wagen vor diesem abgelegenen Haus. Warten und frieren. Ich bin nervös. Karl nicht. Vielleicht friert er nicht mal. Wie er so da sitzt in seiner grauen, wuchtigen Lederjacke. Die Ruhe selbst.

Plötzlich sagt er nach gefühlter stundenlanger Stille: "Vor dem ersten Mal hat man immer Angst. Das ist ganz normal, kümmre dich nicht drum."

Ich bin so konzentriert darauf, das Haus anzustarren und mir einzureden, dass ich cool bin, dass ich erst gar nicht kapiere, was er da grad gesagt hat. Schließlich hab ich ihm doch, als wir uns vor ein paar Monaten begegnet sind, gleich Lügen erzählt. Hab erzählt, dass ich 'nen Scheiß-Typ abgestochen hab, der mir blöd kam. Und danach war ich kalt wie Eis. Hat mich nicht angemacht, mir aber auch nix ausgemacht. Klar hab ich noch nie wen für Geld umgelegt, hatte ich ihm erzählt, aber töten macht mir nichts aus. Alles gelogen. Und jetzt sitzen wir hier und warten. Für Geld.

Keine Ahnung, wie viel Zeit seit seinem Satz vergangen ist. Ich nicke nur kurz und hab damit alles zugegeben. Hinter dem einzigen erleuchteten Fenster des Hauses ist kurz der Umriss eines Mannes zu sehen. Dann sagt Karl, immer noch voller Ruhe: "Stell dir einfach vor, dass er Kinder fickt. Das hilft." Er holt seine Knarre raus, überprüft sie noch mal kurz, steckt sie zurück in seinen Hosenbund und sagt beim Autotür öffnen: "Gehen wir." "Aber es brennt doch noch Licht, sollten wir nicht noch warten?", sage ich kleinlaut, um Zeit zu gewinnen. "Nein", sagt Karl. "Und vergiss nicht, die Sau fickt Kinder, jeden Tag, aus Spaß."

Wir steigen aus. Ich überprüfe meine Knarre nicht noch einmal. Bin viel zu zitterig. Ist ein schöner Vorgarten, durch den wir gehen. Bäume und Hecken bieten guten Schutz. Bei dieser Dunkelheit sowieso. Die Kotze in meinem Mund schlucke ich runter. Ganz mechanisch bewegen sich meine Beine, bis ich einfach stehen bleibe - stehen bleiben muss. Meine Augen sind geschlossen, alles dreht sich. "Was ist los mit dir?", fragt Karl etwas weniger ruhig. "Die Frau ... was ist mit der Frau?", quetsche ich mühsam aus meinem Maul. Ich atme so schnell und heftig, dass Karl mich kurz umarmt und ganz festhält. "Hat halt den falschen Mann geheiratet, so sehe ich das", und schiebt dann gleich noch hinterher: "Außerdem schaut sie zu. Diese Schlampe filmt ihren Mann beim Kinderficken. Sie verkaufen die Filme. Davon können sie sich so ein beschissen großes Haus leisten. Okay?!"

Ich werde ruhiger und Karl sagt, langsam etwas genervt, dass ich mitkommen soll. Als ich das Gefühl habe wieder klar zu sein, sind wir schon im Haus.

Wir gehen durch 'nen dunklen Flur Richtung immer noch erleuchtetes Zimmer. Es ist ganz still. Karl öffnet die Tür. Noch bevor ich mitkriege, was passiert, hat Karl schon die Frau gepackt und richtet mit seiner freien Hand die Waffe auf den Mann, der gemütlich rauchend auf dem Sofa sitzt. "Hier, halt' sie fest", sagt Karl und schiebt mir die Frau rüber, die seltsamerweise gar nicht schreit oder heult. Ich halte sie von hinten fest, fühlt sich an wie Stein.

"Ruhig, bitte ganz ruhig. Wir können über alles reden", sagt ihr Mann, der sich langsam vorbeugt und die Zigarette im Aschenbecher auf dem Tisch vor ihm ausdrückt. Dabei schaut er die ganze Zeit Karl in die Augen. Lehnt sich wieder etwas zurück und hebt die Hände. Schön eingerichtetes Wohnzimmer. Teuer, aber liebevoll. Nützt euch jetzt aber auch nichts mehr, denke ich und spüre eine Häme in mir aufsteigen, die verhindert, dass ich der Frau in den Nacken kotze. "Ich weiß, warum sie hier sind. Ich habe Geld, viel Geld. Ich zahle das Doppelte", sagt der Mann mit beruhigender Stimme. Karl schüttelt leicht mit dem Kopf. Der Mann nickt in sich gekehrt. Karl schießt ihm zweimal in die Brust. Ein heftiges Zucken geht durch den Körper der Frau. Ihr Hinterkopf rammt dabei mit voller Wucht gegen mein Kinn und meinen feigen Mund. Sie reißt sich los, rennt durch die Tür raus in den Flur, zur Treppe nach oben. Karl schreit "Idiot" und rennt an mir vorbei, ihr hinterher. Ich vergesse meinen blutenden Mund, schaue kurz auf den Mann, der vor dreißig Sekunden noch geraucht hat, und folge den Beiden.

Als ich oben auf der Treppe angekommen bin, sehe ich noch, wie Karl zielt und die rennende Frau am Ende des Ganges in den Rücken erwischt. Sie knallt durch eine halb geöffnete Tür in ein Zimmer, in dem jetzt auch Licht brennt. Karl rennt hin, schaut ins Zimmer, bleibt wie erstarrt stehen. Ich gehe langsam hin. An Karls Schulter vorbei schaue ich in den Raum. Es ist das

Badezimmer. Ein kleiner Junge steht da mit seiner Zahnbürste in der Hand. Ich kann das Alter von Kindern nicht schätzen, aber so sehen welche aus, die zur Grundschule gehen.

Der Kleine schaut abwechselnd Karl, mich, die Zahnbürste und seine tote Mutter an. Karl hat gut getroffen. Der Boden ist jetzt schon voll mit Blut.

"Verdammte Scheiße, verdammte Scheiße", sagt Karl immer wieder, als wär's ein Mantra. Er sagt es auch noch, als er den kleinen Jungen aus dem Haus trägt und vorsichtig auf den Rücksitz unseres Wagens setzt.

"Von 'nem Kind im Haus war keine Rede. Sowas ... sowas Unprofessionelles", zischt er jetzt durch seine zusammengebissenen Zähne. Er redet ohne Unterbrechung. Ich sage gar nichts, genauso wie der Junge. Er hat noch nicht einen Laut von sich gegeben.

Wir fahren los. Schneller und schneller über abgelegene Straßen. An Wäldern und Feldern vorbei, die man kaum erkennen kann im dunkel. Auch Karl schweigt während der Fahrt, bis er anhält. Von weitem kann man die Leuchtreklame von 'nem Schnellrestaurant sehen.

"Ich hole was zu essen. Der Kleine braucht was und wir können auch was vertragen. Und gib ihm deine Jacke. Braucht 'ne Decke." Ich sehe Karl den Weg Richtung Schnellrestaurant runter gehen. Irgendwann sehe ich ihn nicht mehr. Ich ziehe meine Jacke aus und lege sie über den schweigenden Jungen, der regungslos aus dem Fenster in die Nacht starrt. Sehe nur kurz sein Gesicht, dreh mich schnell wieder weg. Kann's nicht ertragen. Lieber schau ich auch raus in die Nacht und denke nach. Ich denke daran, was die paar Typen gesagt haben, mit denen ich über Karl geredet habe. Die einen meinten, was für ein Profi Karl ist und dass ich mich glücklich schätzen kann. Die anderen meinten, dass er fertig ist. Nicht mehr so wie früher.

Ein besoffener Kumpel von ihm hatte mich letzte Woche noch am Kragen gepackt und gelallt, dass er sich früher nie mit sowas wie mir eingelassen hätte. "Kennt dich kleinen Wichser nicht mal drei Monate und macht dich zum Partner. Früher ... früher wär ihm das nicht passiert. Er hätte gemerkt, dass du nichts drauf hast ..."

Die einen werden im Alter immer härter, die andern langsam weich, kommt mir so in den Kopf. Weiß nicht, ob Karl weich wird, aber war es nicht schon sowas wie Mitleid, mich mitzunehmen? Meine Fassade hat er ja durchschaut, wie ich seit vorhin weiß. Und der Junge? Der Alte ist ein Nervenbündel. Trägt ihn sanft in unsere Karre, hat Angst, dass er friert. Selbst mir ist klar, dass man den Jungen nicht leben lassen kann. Holt was zu essen - völlig überflüssig. Schnell zum vereinbarten Treffpunkt, kassieren und dann weg.

Die Autotür geht auf, ich zucke zusammen. Karl ist wieder da. "Hier Kleiner, hast doch Hunger, oder?", sagt er und hält dem Jungen 'ne Packung Chicken-Nuggets hin. Der reagiert aber nicht. Karl legt die Packung neben ihn auf den Rücksitz. Hätte nicht gedacht, dass ich überhaupt was runter kriege, aber ich verschlinge die drei Cheeseburger, die für mich in der Tüte waren, in nicht mal einer Minute. Karl isst nichts, er fährt los. Ich will ihn fragen, wie es jetzt weiter gehen soll. Doch in dem Moment macht er das Radio an und wir sind beide stumm wie der Junge. Wir fahren immer abgelegenere Wege. Man kann Hügel und Bäume um uns erahnen und eine alte Windmühle vor uns. Karl fährt direkt auf sie zu. Als wir näher dran sind, sehe ich einen Typen, der wie ein Buchhalter aussieht, einsam vor der Mühle stehen. Karl hält den Wagen an, sagt dem Jungen, dass er im Wagen warten soll und wir gleich zurück sind. Dann steigen Karl und ich aus und gehen auf den Buchhalter zu.

Der sagt zur Begrüßung: "Du kommst spät." Ich spüre, wie wütend Karl ist. Er sagt: "Was du nicht sagst. Das ist eben so, wenn unvorhergesehene Dinge passieren. Man nicht richtig informiert wird und die Scheiße fressen muss, die andere geschissen haben." Der Buchhalter lächelt milde, beschwichtigt: "Du weißt selbst, dass es immer zu unerwarteten Situationen kommen kann."

"Ja, aber an diesen bist du schuld, du Arschloch!", schreit Karl zurück. "Kannst mir doch nicht erzählen, dass ihr nicht wusstet, dass die 'nen Sohn haben und der mit ihm Haus ist!" Der Buchhalter schaut langsam finster und sagt: "Was ist eigentlich los mit dir? Vor ein paar Jahren wär das alles kein Problem gewesen, dass dich so aus der Fassung gebracht hätte. du hättest den Jungen niemals mitgenommen und die Sache an Ort und Stelle erledigt. Und du weißt ja wohl, was du mit dem Jungen machen musst."

"Ja! Und dafür würde ich dich gern umbringen!" Karl schreit es so laut, dass ich mich reflexartig umschaue, ob es jemand gehört hat. Dabei sind wir irgendwo im Niemandsland. Dann schaue ich wieder zum Buchhalter, der guckt wie ein toter Fisch und mit seiner linken Hand an seiner Stirnglatze kratzt. Irgendwie kommt mir die Bewegung komisch vor.

Im nächsten Moment sehe ich Mündungsfeuer von einem der Hügel weiter weg aufblitzen. Zwei Kugeln treffen Karl. Eine in den Hals, eine in den Bauch. Ein weiterer Schuss saust knapp an meinem Kopf vorbei. Der Buchhalter grapscht in seine Manteltasche. Ich bin schneller und pumpe das halbe Magazin in ihn rein, bis ein weiterer Schuss vom Hügel kommt und mir die Schulter zerschmettert. Ich liege am Boden und sehe, wie der kleine Junge aus dem Auto gelaufen kommt und ein paar Meter vor Karl und mir stehen bleibt.

"Hau ab, Kleiner", sage ich. Aber er bleibt stehen und sagt immer noch kein Wort. Ich krieche rüber zu Karl, während beim Hügel ein paar Scheinwerfer angehen und sich zur Mühle in Bewegung setzen. "Ich hab ihn erwischt. Ich hab die Sau erwischt, Karl." Er versucht was zu antworten, kann er aber nicht mit der Kugel im Hals. Der Junge schaut uns beide an - abwechselnd in die Augen. Ich halte Karl im Arm. Ich kenne ihn kaum. Er stirbt. Die Scheinwerfer sind schon ganz nah.

Der Junge schreit.

# DIE NARBE

Er hatte sie schon so lange geliebt. Und jetzt standen sie sich das erste Mal allein gegenüber. Allein in diesem kleinen Bereich zwischen den beiden Tanzflächen. Gleich bei den Toiletten. Es war schon 4 Uhr morgens. Die laute Musik kam von beiden Seiten dröhnend angeweht. Doch hier waren sie gerade ganz allein. Er wünschte, für immer.

Dann sagte sie: "Wie heißt du noch mal? Bist ja auch oft hier, ne?" Sie war schon sehr betrunken. "Ja, ich bin jeden Freitag hier ... wegen dir ... ich heiße Simon."

Er war überrascht, dass die Worte überhaupt seinen Mund verließen. Schaute ihr in die Augen, versank darin. Sie lächelte und sagte ihm ihren Namen, bevor sie ihn küsste. Nur ganz kurz. Dann ließ sie ihn stehen und ging durch die Tür zum Damen-Klo. Er musste ihr folgen. Niemand sonst war da. Wieder ganz allein. Sie stand am Waschbecken, drehte sich um. "Was ist denn?", fragte sie jetzt mit einer anderen Stimme als zuvor, aber das merkte er nicht. So glücklich war er.

Schon hatte er die paar Schritte auf sie zu gemacht. Wollte sie umarmen, küssen, einfach so da stehen. Sie wehrte ihn ab. "Bist du bescheuert?" Er ließ sie los und wusste nicht, was er sagen sollte, bevor er sagte: "Ich ... ich weiß nicht, was ich sagen soll. Immer, wenn ich dich sehe, hab ich das Gefühl, dass ich nicht mehr atmen kann. du bist so schön ..." Sie schaute ihn regungslos an, bevor sie lachte. "Bitte, lach nicht über mich ... lach nicht über mich, Anna ..." Tränen schossen in seine

Augen. Sie lachte weiter, fast hysterisch. "Das ist doch lächerlich, schau dich mal an! Lass mich in Ruhe! Lasst mich alle in Ruhe ..." Seine Hände um ihren Hals beendeten das Lachen. "Ich hab dir gesagt, dass du nicht lachen sollst, du ...!" Mehrmals schlug er ihren Kopf mit dem schönen blonden Haar gegen die schmutzige, gekachelte Wand hinter ihr. Sein Gesicht war ganz nass von den Tränen. Sie verdrehte seltsam die Augen und dann ließ er sie los. Sie fiel. Fiel wie eine Puppe auf den klebrigen Boden. Er sah das viele Blut an der Wand, dann wieder sie. Regungslos stand er da. Bestimmt eine Minute lang. Hörte kein Geräusch und weinte nicht mehr.

Bevor er endlich raus lief, sah er noch kurz sein Spiegelbild mit dieser langen Narbe links. Ganz automatisch strich er seine langen Haare nach vorn, um sie zu verdecken. Er hasste sein Gesicht und lief. Vorbei an den vielen Tanzenden. Den Besoffenen. Den Lachenden. Den Schönen. Den sich Lustig-Machenden. Den Verzweifelten. Den Hässlichen. Dem traurigen Rest.

Die Luft draußen kam ihm noch wärmer vor als drin. Was sollte er tun? Bald würde sie gefunden werden. "Der Mörder mit der Narbe", dachte er. So heißen Romane. Nach Hause? Es seinen Eltern sagen? Nein, das ging nicht. Als er das schäbige Industriegebiet schon fast verlassen hatte, hörte er Sirenen, die sich Richtung Diskothek bewegten. Jetzt merkte er erst, wie sehr er zitterte und dass er schon so weit gegangen war.

Da war die Tankstelle, bevor es geradewegs in die Puff-Gegend ging. Er brauchte was zu trinken, Zigaretten. Der Typ an der Kasse schaute ihn prüfend an. Ein ziemlich kleiner Südländer um die Vierzig. "Ich hätte gern 'ne Flasche Wodka und 'ne Packung Luckies", sagte Simon so normal, wie es ihm möglich war. "Die Zigaretten sind kein Problem. Aber zeig mir mal deinen Ausweis", kam zurück. Das hatte ihm grad noch gefehlt. Dabei war es kein Problem. Er hatte seinen Ausweis ja dabei. Trotzdem sagte er nur: "Ich bin schon 22. Das geht klar", und schaute dabei eher grimmig als cool. "Glaub ich dir ja. Den Ausweis muss ich aber sehen, mein Freund", antwortete der Tankstellen-Mann. "Was ist dein Problem, verdammte Scheiße?! Ich will doch nur was trinken! Ist das jetzt verboten, oder was?!" Die Worte platzten aus Simon heraus. Er war so wütend. "Ja, ist es. Für Jugendliche", kam lässig zurück. "Ich hab dir gesagt, wie alt ich bin! Gib mir die Flasche, du Penner und nerv mich nicht!" Simon war nicht klar, wie laut er geschrien hatte. "Das reicht! Raus hier! Beleidigen lass ich mich nicht! Raus!" Beide schrien jetzt.

Dann schlug Simon zu. Er schlug dem Mann mit der Faust ins Gesicht. Der taumelte zurück. Simon sprang über den Tankstellen-Tresen und griff nach einer Wodka-Flasche. "Ich ruf die Polizei! Das sag ich dir, du Scheißkerl!", schrie der aus der Nase blutende Mann, während er Simon am Arm packte. Die Flasche fiel auf den Boden und Simons Gegner auch. Benommen und weiter fluchend. Eine Packung Zigaretten landete in seiner Jackentasche und Simon griff auch in die Kasse. Dabei hatte er noch nie etwas gestohlen. Nicht mal ein

Kaugummi als Kind. Es war alles egal. Alles egal. Er sprang wieder über den Tresen und rannte.

Erst draußen merkte er, dass er ja gar keine Flasche hatte mitgehen lassen. Ein paar Straßen weiter stand er da und rauchte. Immer noch vollkommen aufgekratzt. Ein Polizeiwagen kam mit Blaulicht angefahren. Konnte wohl noch nichts mit ihm zu tun haben, aber sicher war er nicht.

Also bog er lieber in diese schmale Straße ein, wo die Frauen in den Schaufenstern sitzen. Er war schon ein paar Mal da rumgelaufen. Immer mit einem unangenehmen Gefühl im Bauch. Nicht aus moralischen Gründen, aber irgendwie machte es ihn traurig, dass die Frauen da sitzen mussten. Einige riefen ihm dann gleich Sachen zu, wie "Komm mal her, Kleiner!" oder "Na, willste nicht? Ich mach 'nen Profi aus dir!" Und diesmal auch wieder. Eine rief gleich, dass er mal zu ihr rüberkommen soll. Und er tat es. Das Polizeiauto hatte nun am Eingang der Straße gehalten und Simon sah das blaue Licht flackern. Sie sagte: "Na los. Komm mit rein, Süßer." Wahrscheinlich war sie zehn Jahre älter als er. "Geld hast du doch, oder?" Simon nickte und sie gingen hinein. Ein dunkler Flur. Nur ein Licht am Ende. Ihr Zimmer war dagegen gemütlich. Simon war überrascht, wie viele Bücher herumlagen. Dabei ist es ja ganz logisch bei der Warterei, dachte er dann. Sie sagte lächelnd: "Sie erlauben?", und griff ihm in die Jackentasche. Als sie den zerknüllten Klumpen Geld sah, grinste sie. "Hätte ich nicht gedacht, dass ich heute noch 'nem reichen Mann beggne." Hundert steckte sie in ihre Handtasche, den Rest zurück in Simons Jacke. Er wusste nicht, was er jetzt tun sollte und bot ihr eine Zigarette an. Sie sagte: "Nein, danke", und zog sich aus.

Simon stand wieder angezogen an der Tür und sie saß nackt auf dem Bett. Jetzt rauchte sie und sagte lächelnd: "Du bist echt ein hübscher Junge. Mach dir nicht so viele Gedanken. Auch wegen der Narbe. In ein paar Jahren werden die Mädchen drauf stehen." Ganz überrascht schaute Simon sie an und dann lächelte er unsicher zurück.

Er ging raus auf den dunklen Flur, blieb dann aber stehen, holte das Geld aus seiner Tasche und zählte es. Mehr als vierhundert. Er klopfte und ging noch mal zu ihr. Sie hatte gerade aufgeraucht. "Hab was vergessen", sagte er und legte einen Hunderter auf den kleinen Tisch neben der Tür. Dann gleich wieder raus.

Er war wieder auf der Straße und fühlte sich gut. In einer Kneipe auf der anderen Straßenseite war noch Hochbetrieb. Was zu trinken, konnte er jetzt endlich vertragen. Der Laden war voll mit Besoffenen, die alle mindestens dreißig Jahre älter waren als Simon. Aus einer alten Music-Box dröhnten laut deutsche Schlager, die ihn an Feste mit seinen Eltern und deren Freunden erinnerte, als er noch klein war. Er bestellte ein Bier und einen Wodka. Ohne zu zögern gab ihm der glatzköpfige Wirt, was er wollte. "Sehe ich denn jetzt älter aus als vorher? Komisch…", dachte Simon. Die anderen Gäste waren freundlich, prosteten ihm zu, lachten, sangen zur Musik mit. Simon drückte dem Wirt ein paar Scheine in die Hand und schmiss eine Lokalrunde. Seltsamerweise wunderte sich niemand. Alle tranken. Und Simon trank am meisten. Er musste an den Unfall denken, den er als Kind hatte und dem er seine Narbe zu verdanken hatte. An seine Mutter, die ihm danach immer so bemüht sagte, was für ein hübscher Junge er sei. Vielleicht war es ja bei der Nutte von eben genauso gewesen. Mitleid. Jedenfalls war er jetzt ein Mann. Was immer das bedeutete. Er trank und trank.

Irgendwann stand er vom Barhocker auf und torkelte nach draußen. Lachte, bevor er weinte. So betrunken war er noch nie gewesen und seine betrunkenen Beine führten ihn zu der alten Brücke, wie schon so viele Male zuvor. Er blieb stehen und schaute über das Metall-Geländer nach unten in das schwarze Wasser. Wie oft hatte er sich schon vorgestellt, wie es sein müsste, sich fallen zu lassen und einfach zu treiben in der Dunkelheit, die unten wartete. Sich einfach fallen lassen. Er schaute abwesend auf seine Uhr und merkte, dass gerade mal drei Stunden vergangen waren, seit Anna ihn geküsst hatte. In diesen letzten drei Stunden war mehr passiert als in seinem ganzen Leben zuvor. Ja, geküsst hatte sie ihn und dann lag sie auf dem dreckigen Boden. Nur ein paar Minuten später. Er hatte sein Glück zerstört. Er und niemand sonst. Das war ihm ganz klar. So klar, dass er auf das Geländer kletterte.

"Halt! Was machst du da?!", rief plötzlich jemand. Simon blickte zur Seite und da stand ein alter Mann, der mit seinem Hund seinen Morgenspaziergang machte. Der Alte starrte ihn mit riesigen Augen an und der Hund auch. So kam es ihm vor. "Tu das nicht, mein

Junge. Egal, was es ist. Das ist es nicht wert. Bitte, komm da runter", rief der alte Mann, so leise er konnte. Simon flüsterte: "Ich hab sie umgebracht ... hab sie umgebracht", und ließ sich fallen.

Zur selben Zeit wurde Anna von ihrer Mutter aus der Notaufnahme abgeholt. Sie trug eine Halskrause und die Platzwunde am Hinterkopf musste mit zwölf Stichen genäht werden. Sie stiegen ins Auto und fuhren los. "Morgen wird er angezeigt, dieser brutale Dreckskerl", sagte die Mutter verbittert. Für den Rest der Fahrt schwiegen Tochter und Mutter. Auf ihrem Weg nach Hause kamen sie auch an der alten Brücke vorbei. Die Polizei war schon da. Anna schaute aus dem Fenster. Nur ganz kurz sah sie ihr Spiegelbild in der Scheibe und kam sich so hässlich vor mit ihrer Halskrause.

## MORGEN DANACH

Ich mache meine Augen auf. Frage mich, wo ich bin. Die Bettwäsche kommt mir bekannt vor und das Bild an der Wand rechts vom Bett. Mein Schlafzimmer. Ich mache die Augen wieder zu und rolle mich nach links. Mir steigt Zigarettenrauch in die Nase. Hab ich 'ne Kippe brennen lassen oder ist es nur noch so verräuchert von der Party gestern? Jemand kichert.

Ich öffne meine Augen wieder und es sitzen drei Affen an meinem Bett. Der erste Affe raucht, der zweite grinst, der dritte hat ein Glas Whisky in der Hand. Sie starren mich an. Ich mache die Augen zu, wieder auf. Sie sind immer noch da. Nur sehen sie jetzt fast wie Menschen aus.

"Na, gut geschlafen?", fragt der Erste. "Anständige Party. So kennen wir das von dir", grinst der Zweite. "Haben uns selbst bedient, als du ins Bett bist", sagt der Dritte und fängt an, mit dem Whisky zu gurgeln. Lang und laut. Als er fertig ist, spuckt er auf den Boden und schaut mich erwartungsvoll an. "Party? Ja, aber die ist ja wohl vorbei ... seit Stunden", lalle ich verwirrt.

"Ach, warum denn? Ist nett bei dir. Bleiben gern noch ein bisschen. Seinen Erfolg muss man doch mit alten Freunden teilen, oder?", ist die todernste Antwort. Ich richte mich auf und sage: "Freunde? Ich hab euch drei noch nie gesehen ..." Finster schauen sie mich an. "So schnell vergisst du also deine Freunde. Das ist traurig."

Ich bekomme ein unangenehmes Gefühl im Magen. Wie Masken starren sie mich an. Was, um Gottes willen, war gestern? Meine Gedanken werden unterbrochen. Von hysterisch lautem Lachen. Die drei lachen so heftig los, dass es sie nicht auf den Stühlen hält, die sie links an meinem Bett aufgestellt haben müssen, während ich schlief - so als wär es ein Krankenbett. "Hört auf zu lachen! Was soll diese ganze Scheiße?!", schreie ich sie an. Ihr Lachen wird noch lauter und ich brülle: "Die Party ist vorbei! Geht jetzt!" Plötzlich sind sie ganz still. Ich atme tief durch. Erleichtert.

Ein Affen-Mund kräuselt sich langsam zu einer Antwort: "Ach, weißt du ... NEIN ... wir bleiben noch. Außerdem hast du nicht bitte gesagt." Ich kann nicht glauben, was ich da grad gehört habe. "Ja, er hat nicht bitte gesagt, das hat er nicht gesagt!", krähen die beiden anderen. "Bitte?! Wollt ihr mich verarschen?! Das hier ist mein Haus. Ihr geht jetzt!"

Nummer Drei bietet Nummer Zwei einen Schluck aus seinem Glas an. Nummer Eins zündet sich noch eine Zigarette an, so als wäre ich gar nicht da. Dann sage ich so ruhig, wie ich kann: "Jungs, hört mal ... ich will doch jetzt einfach aufstehen und meine Ruhe haben, sonst nichts. Und das geht einfach besser, wenn ich allein bin. Ihr könnt ja wann anders gern noch mal vorbeikommen ... okay?" Keine Reaktion. Dann schiebe ich noch ein gequältes "Bitte" hinterher.

"Lass dich doch von uns nicht stören. Feel free. Steh ruhig auf, wenn du willst", antwortet der rauchende Affe in verständnisvollem Ton. Die andern beiden nicken rhythmisch. Ich weiß nicht, was ich noch sagen soll und stehe abrupt auf.

Meine Jeans hab ich noch an, ein Hemd greife ich mir beim Rausgehen. Ich könnte verrückt werden vor Wut und das leise Kichern aus meinem Schlafzimmer macht es nicht besser.

Soll ich die Polizei rufen? Nicht, wenn ich sehe, wie es hier aussieht. Als hätte 'ne Bombe eingeschlagen. Die Frau, die für mich saubermacht, hat ausgerechnet heute frei. Zum kotzen. Hab gestern Abend gar nicht so wild in Erinnerung. Ich kam ziemlich spät nach Hause und das Haus war voll mit Leuten, die wohl meine Neue eingeladen hatte. Und meine Ex war sogar auch da. Mit so 'nem großen Typen. Keine Ahnung, ob wir überhaupt ein paar Worte gewechselt haben. Hab mich nicht wohlgefühlt, viel getrunken und meine Neue war ganz in ihrem Element. Herumfliegen als wär's ihr Haus, kurz mit dem reden, kurz mit der reden und zu jedem Stück Scheiße freundlich sein. Wie ich das hasse.

Verdammt, ich brauch 'ne Zigarette. Hoffentlich liegt irgendwo eine rum. Der eine Affe hat ja welche, aber den frag ich bestimmt nicht. Auf der Treppe, neben einem umgekippten Glas Southern Comfort, finde ich endlich eine Packung, in der noch zwei Kippen sind. Gierig zünde ich mir eine an. Und nachdem der Würgereiz überwunden ist, fühl ich mich besser. Ich schlendere weiter und komme an eine halb geöffnete Tür. Höre jemanden atmen. Ich schaue ins Zimmer.

Eins meiner Gästezimmer. Meine Neue liegt auf dem Bett und schläft. Ich stehe im Türrahmen und betrachte sie, wie sie da liegt. Sie bedeutet mir überhaupt nichts. Spüre einen richtigen Widerwillen gegen sie. Hab das

Gefühl, dass sie stinkt. Bis hierher. Dabei bin ich drei Meter vom Bett entfernt.

Ich nehme einen tiefen Zug und drehe mich um und gehe Richtung Badezimmer. Ich muss pissen. Ob meine Ex mit diesem Typen zusammen ist, mit dem sie da gestern rumhing? Hatte 'nen durchtrainierten Körper und war bestimmt zehn Jahre jünger und zwanzig Zentimeter größer als ich. Aber sonst. Eine leere Hülle, dieser gelackte Wichser. Scheiß drauf.

Ich bin im Bad angekommen, schmeiße die Kippe ins Klo, bevor ich endlich pisse. Ich gähne und bin grad dabei meine Hose zuzumachen, als plötzlich jemand "Hey" sagt. Ich erschrecke mich so sehr, dass ich herumwirbele, dabei fast auf die Fresse falle und gegen das Glasregal knalle, auf dem die vielen teuren Parfüms stehen. Die Hälfte davon landet auf den Marmor-Fliesen. "Verdammte Scheiße! Was machst du hier, verdammt noch mal?!", schreie ich das Mädchen in der Badewanne an, das ich vorher noch gar nicht gesehen hatte. "Ich bade", antwortet sie völlig selbstverständlich. Ich glaube, ich kann mich an sie erinnern. Sie ist schön. "Komm doch mit rein ... kannst mich knallen, wenn du willst."

Ich stehe da wie ein Vollidiot und mir fällt nichts Besseres als Antwort ein, als aus dem Bad zu rennen.

Laute Musik schallt durch das ganze Haus. Ich renne die Treppe runter und sehe, dass die Affen sich jetzt im Wohnzimmer breitgemacht haben. Nummer Eins legt Platten auf, Zwei tanzt, Drei sitzt auf dem roten Ledersofa und fragt mich sofort, ob ich nichts Besseres zu essen da hab als Corn Flakes. Dabei läuft ihm eine zerkaute, milchige Masse aus dem Maul und tropft auf meinen Teppich. Ich gehe zur Stereoanlage und schalte sie aus. Stille.

Dann sage ich: "Ihr geht jetzt. Sofort."

Meine Stimme ist ruhig und zittert nicht. Glaube aber, ich bin weiß wie die Wand vor Wut. Einen kurzen Moment bewegt sich niemand. Weder ich noch die drei. Dann erhebt sich der DJ langsam, schaut mich lässig an und sagt: "Seitdem du Geld hast, bist du echt ein widerliches Schwein geworden."

Ich sehe noch, wie er die Musik wieder anmacht, bevor ich in die Küche laufe. Ich fange an, konfus herum zu suchen. Lautes Lachen und Gekreische vermischen sich mit der Musik. Die Nadel kratzt über die Schallplatte. Erst will ich mir ein Messer greifen, entscheide mich aber dann für den Hammer unter der Spüle.

Ich stehe wieder vor ihnen und schreie: "Ich warne euch! Ihr verschwindet jetzt! Das ist Hausfriedensbruch, was ihr hier macht! Ich fühle mich von euch bedroht!" "Bedroht?!", lacht Nummer Eins. "Wer hat denn hier nen Hammer in der Hand?!", schreit Nummer Zwei und springt dabei auf einen Stuhl, wie eine dicke Frau, die eine Maus gesehen hat. Nummer Drei frisst seine Corn Flakes und nickt. "Ja, was willst du denn machen mit dem Hammer?", prustet Nummer Eins heraus. "Uns allen ganz dolle auf den kleinen Zeh hauen?" Jetzt gibt es kein Halten mehr.

Sie johlen, kreischen, lachen, wie nie zuvor. Ich glaube, ich werde wahnsinnig. Sie springen auf und ab. Auf

Stuhl, Tisch und Sofa. Meine Ohren sausen, dass mir schwindelig wird. Ich werfe den Hammer völlig außer mir in eins der Fenster zum Garten raus, laufe zurück in die Küche, dann auch raus in den Garten.

Die kühle Luft tut gut. Ich gehe zum Teich am Ende des Gartens. Der Schwindel lässt nach und im Haus scheint es auch wieder ruhig zu werden. Es ist windig und es dauert, bis ich die zweite Zigarette angekriegt habe.

Was soll ich mich ärgern. Irgendwann gehen die schon wieder.

Ein unerträglicher Schrei schallt durchs ganze Haus, bis raus in den Garten. Es ist eine weibliche Stimme. Ich nehme an, das Mädchen im Bad ist aus der Wanne gestiegen. Mitten rein in die Scherben. Die drei Affen interessiert das kein bisschen. Ich sehe sie durch das kaputte Fenster. Nummer Eins hat meine Zigarren entdeckt. Nummer Zwei lässt meine Platten durchs Zimmer fliegen. Nummer Drei blättert meine alte Comic-Sammlung durch, mit schmutzigen Händen.

## BALD WIRD ES HELL

"Ich saß völlig vollgepumpt auf dem Schreibtischstuhl in meiner Wohnung und die Ohrfeigen knallten mir hart ins Gesicht. Eine links, eine rechts, immer wieder so im Wechsel. Ich sah meinen Vater wie im Nebel verzweifelt vor mir stehen. Als er eine Pause machte, schaute ich ihn mit großen Augen an und sagte zu ihm wie in Zeitlupe: "Aber Papa, du hast mich doch noch nie geschlagen." Er holte nochmal aus, dann brach er in Tränen aus. Konnte gar nicht mehr aufhören zu weinen, und dabei umarmte er mich ganz fest. Ich konnte keine Reaktion zeigen, saß nur so da, als hätte das alles mit mir gar nichts zu tun. Gern hätte ich ihm gesagt, dass alles gut wird. "Was ist denn bloß los, Robby? Was machst du denn, um Himmels willen?", stammelte er und weinte weiter.

Nach einer Weile, keine Ahnung wieviel Zeit vergangen war, setzte er sich auf das Sofa mir gegenüber und schwieg. Ich sagte sowieso nichts. Das war der Morgen, als er mich unangemeldet besuchte und merkte, dass ich süchtig war. Mit Haut und Haar. Er hatte nichts geahnt. Höchstens befürchtet, dass ich ein bisschen depressiv bin. Muss ein unfassbarer Schock gewesen sein zu sehen, wie die Wohnung aussah. Alles verdreckt, Kotze am Boden, alte Spritzen im Badezimmer. Ne Müllhalde. Und sein Sohn passte da perfekt rein. Auch nur Abfall. Jedenfalls sehe ich das so.

Er sah es nicht so. Er tat alles, um mir zu helfen. Alles. Ließ sich beurlauben, las jedes Buch über Sucht, das er finden konnte und war 24 Stunden am Tag bei mir. Ich bettelte immer nur: "Bitte, nicht in die Klinik." Und er hielt sich daran. Wahrscheinlich aus Angst, dass ich mich sonst umbringe. Ich erspare dir die vielen Rückschläge, die wir auf diesem gemeinsamen Weg hatten. Immer wenn es gar nicht mehr ging und die Verzweiflung eigentlich nicht mehr auszuhalten war, hielt er mich fest und sagte: "Ich weiß, dass um dich herum jetzt alles schwarz ist, aber glaub mir bitte, irgendwann wird es wieder hell. Ich schwöre es dir, bald wird es hell."

Ich dachte dann oft, was quatscht der Alte bloß? Warum lässt er mich nicht einfach in Ruhe? Aber was ich immer noch nicht begreifen kann, passierte. Wir schafften es. Er und ich. Nur wir beide. Zusammen. Und irgendwann ging mein Vater wieder in die Schule und unterrichtete, und ich ging sogar wieder in die Uni. Es war vollkommen unwirklich, aber das Leben, oder wie man das nennt, war wieder normal.

Und zum Therapeuten ging ich auch. An einem Abend, ich kam gerade aus der Praxis, stand mir im Treppenhaus plötzlich Rico gegenüber. Ich hatte ihn Monate nicht gesehen, hatte ja den Kontakt zu alten Bekannten total abgebrochen und da stand er vor mir. "Hey, Robby. Lang nicht gesehen, Alter. Wie geht's dir? Warst ewig nicht mehr bei mir in der Bar." "Das ist vorbei", sagte ich, cool wie in 'nem Western. Er lächelte nur. Ich wollte ihn stehenlassen und die Treppe raufgehen, als er mich kurz umarmte und mir dabei einen kleinen Umschlag in die Tasche von meinem Parka schob. "Kannst jederzeit vorbei kommen, Robby. Immer herzlich willkommen", sagte er und weg war er.

Ich tigerte voller Panik durch meine Wohnung, machte laut Musik an, war einfach nicht in der Lage, den Umschlag wegzuwerfen. Wurde immer hysterischer, versuchte meinen Vater anzurufen, tat es dann auch, aber ich erreichte ihn nicht. Am selben Abend kam er bei mir vorbei, so als hätte er es gespürt und sah, was passiert war. "Woher hast du das?", fragte er fassungslos. "Wer hat dir das gegeben?" "Rico war da", lallte ich. "Dieses verfluchte Schwein aus der Bar?", schrie er und ich nickte nur kurz und sagte dann sowas wie: "Mach dir keine Sorgen, Papa ... mir geht's richtig gut."

Er nahm das Telefon und rief einen Krankenwagen. Ich protestierte nicht. Lag ja auch wie ein glückliches Stück Gemüse auf meinem Bett. Und als der Krankenwagen mit mir abfuhr, da ist mein Vater hingefahren zu dem Kerl. Direkt in die Bar. Ich bin mir sicher. Es muss so gewesen sein. Er hat Rico zur Rede gestellt, gedroht, ihn anzuzeigen, ist vielleicht auch auf ihn losgegangen. Und da haben Rico, die beiden Ratten, mit denen er immer rumhängt, und das Vieh hinter der Theke ihn totgeprügelt. In irgendeinem schäbigen Hinterzimmer oder auf der Treppe. Am nächsten Tag fand man ihn neben einer Mülltonne irgendwo am anderen Ende der Stadt. Auf dem Polizeifoto lag er da, wie ein zerrissener Müllbeutel.

Als ich im Krankenhaus erfuhr, dass mein Vater tot war, ermordet wurde, hab ich versucht, mich umzubringen. Hat nicht geklappt. Nicht mal das kann ich. Zur

Belohnung ging's in die Klapse. Nach einem halben Jahr kam ich raus. Clean und einigermaßen stabil. Und kurz später hab ich ja dann dich kennengelernt. Du hast mir so viel geholfen und eine Zeit lang dachte ich wirklich, dass ich vergessen kann. Hast mir die Illusion geschenkt, dass ein schönes Leben möglich ist. Aber ich kann nicht vergessen. Kann nicht vergessen, wie mein Vater da lag. Und vielleicht sogar noch schlimmer ist meine Sehnsucht nach 'nem Schuss. Ganz traurig, dass mir deine Liebe, die so groß ist und die ich nicht verdiene, nicht reicht. Ich mir am liebsten, tief in mir drin, wieder diesen Dreck ins Blut jagen würde. Ich dafür gern alles aufgeben würde. Mein ganzes Leben lang müsste ich aufpassen, mich zwingen, es nicht zu tun. Und immer aufpassen müssen, das ist doch kein Leben.

Ich weiß nicht, ob es richtig ist, dir all das zu sagen. Hab große Angst, dass ich dich damit noch tiefer in mein schwarzes Loch runterziehe. Ich dich so wieder an mich binde. Aber ich hab jetzt vor zwei Wochen mit dir Schluss gemacht, ohne über die wahren Gründe zu sprechen. Und irgendwas in mir glaubt, dass ich dir sagen muss, was ich nie gesagt habe. du sollst wissen, musst wissen, dass die 10 Monate, die wir zusammen hatten, keine Lüge waren. Ich hab es versucht. Ganz ehrlich versucht. Und ich danke dir für alles, was du mir gabst. Aber ich schaff's nicht. Ich wünsche dir - nein, entschuldige bitte - ich wünsche mir, dass es dir gut geht. Danke. Dein Robby."

Er schaltet das Diktiergerät aus und atmet tief durch. Bleibt einen Moment so stehen, geht dann zur Stereoanlage und spielt ein Lied, das er schon als Kind immer gern gehört hat. Damals, als seine Mutter noch lebte. Er nimmt die kleine Kassette aus dem Diktiergerät und steckt sie in einen vorbereiteten Briefumschlag. Ausreichend Briefmarken und ihre Adresse sind schon drauf. Draußen ist es tiefschwarz. 3 Uhr nachts. Er zieht seinen Parka an, greift kurz prüfend in die rechte Tasche, macht die Musik aus und geht nach draußen. Der Briefumschlag landet in dem Briefkasten vor der U-Bahn-Station. Ein paar Minuten später sitzt er schon in der Bahn.

Kurze Zeit später steigt er aus und geht die Treppenstufen rauf, die er früher so oft raufgehetzt war. Von weitem sieht er schon die altbekannte Leuchtreklame, die unregelmäßig aufflackert. "Immer noch nicht repariert, aber warum auch. Machen ja auch so ihr Geschäft."

Nach diesem Gedanken ist er schon in der Bar. Sie ist noch recht gut besucht. Einige Typen stehen an der Theke. Zusammen mit einigen Nutten. Neben Rico am Ende des Raums sitzt auch eine auf dem Sofa. Lacht seltsam entspannt. Als Rico ihn sieht, steht er gleich lächelnd auf und sagt: "Robby! Hab doch gesagt, mein Freund, wir sehen uns wieder." Kaum hat er das gesagt, zieht Robby die Pistole, die er vor einem Monat in einer Absteige beim Bahnhof gekauft hat, aus seiner Tasche. Der Schuss trifft Rico mitten in sein Lächeln. Er fällt zurück aufs Sofa. Die Nutte kreischt. Die nächsten Schüsse erwischen die beiden Kerle, die gegenüber sitzen. Das Aufspringen nützt ihnen nichts. Robby ist ja nur etwa 3 Meter entfernt. Dann dreht er sich ruhig um und erschießt den Barkeeper. Die Bar-Besucher schreien, ducken sich, rennen panisch raus. Ein bisschen wundert sich Robby, wie eiskalt er ist. "Alle erwischt", denkt er emotionslos, als er sich auf das nun leere Sofa gegenüber von Rico setzt. Der Laden ist jetzt ganz leer.

Nur die Nutte sitzt immer noch gegenüber und zittert am ganzen Leib. Sie hat etwas von Ricos Blut im Gesicht und hat Angst, Robby anzusehen. Einige Minuten vergehen, bis er sie bewusst wahrnimmt. Er schaut sie an. Sie spürt das, obwohl sie strikt nach unten schaut, fängt an zu weinen. So leise sie kann. Sie ist vielleicht 18 Jahre alt. "Du kannst gehen, wohin du willst. Ich tu dir nichts", sagt er beruhigend zu ihr. Sie schaut zuerst ungläubig, steht dann aber langsam auf. Immer mehr Tränen laufen ihr aus Augen und Nase. Langsam geht sie Richtung Ausgang, ohne sich umzusehen. Als sie den schmalen Vorflur erreicht hat, stakst sie so schnell sie kann zur Tür. Sie ist schon auf der Straße, als ein weiterer Schuss kracht. Einige Neugierige stehen auf der Straße, andere schauen aus ihren Fenstern. Ein Polizeiauto fährt vor. Bald wird es hell.

## FRANKIE

Wenn einem der Bruder stirbt, und dann auch noch der jüngere, ist das 'ne böse Sache. Ist einfach tot umgefallen auf der Straße. Hat er schon nicht mehr gespürt, als sein Kopf auf den Asphalt geknallt ist, sagt der Arzt. Wollen wir's hoffen. Wobei es das auch nicht grad besser macht.

Für unsere Mutter ist das kaum zu ertragen. Dieses Plötzliche ist für sie sogar besonders schlimm, glaube ich. Seine Frau ist noch jung. Die wird's schon irgendwie hinkriegen. Aber Vater, der verwindet's auch nicht. Ich trinke grad ziemlich viel, aber das ist nicht wirklich außergewöhnlich. Ist bei mir meistens so. Mein Bruder hieß Frank. Ich hab aber immer Frankie zu ihm gesagt. Er war fünf Jahre jünger als ich und kurz nach seinem Einunddreißigsten fällt er um. Ist jetzt einen Monat her. Er hat immer alles richtig gemacht. Kann man nicht anders sagen. Sah klasse aus und war trotzdem treu. Hat nie 'ne andere angeguckt. Gab nur seine Frau für ihn, die er seit der Schule kennt. Ich hab meine zweimal betrogen. Die Ehe ist im Eimer. Und einen Sohn hab ich auch. Seh ihn kaum. Frankie wäre das nicht passiert. Auf ihn konnte man sich verlassen.

Warum war er so? Und warum bin ich ein Penner, der morgens schon nicht schnell genug besoffen werden kann? Gut, ich verdiene mit meinem Immobilien-Scheiß dick Geld, trotz der Trinkerei, meistens jedenfalls. Aber mich wirklich um andere oder auch nur um mich selbst kümmern, das kann ich nicht. Und deshalb kommt mir in den letzten Wochen oft was in den Kopf, wenn ich nicht weiß, was ich tun soll. Ich denke an meinen Bruder und ich frage mich, was Frankie wohl getan hätte.

Ich hab 'ne Wut auf Kunden, ich streite mit meiner Ex-Frau, ich weiß nicht, was ich meinem Sohn schenken soll - immer frage ich mich, was Frankie tun würde. Und eben grad auch wieder.

Frankie wär niemals so unfreundlich gewesen, wie ich jetzt zu der Schnalle, die neben mir an der Theke sitzt und mich vollquatscht. Gräbt mich an und es kotzt mich an. Man könnte fast glauben, die Kaschemme hier ist ein Puff. Und der alte Wirt, der uns vom Zapfhahn aus anguckt, ist ihr Zuhälter. Ist die fünfte Kneipe, in der ich heut bin. In keiner bin ich vorher schon mal gewesen. Denn ich will nicht, was fast alle anderen Trinker wollen. Vertraute Gesichter sehen beim Saufen. Deshalb gehen sie ja auch immer in die gleichen Läden. Wollen wen zum Reden haben, den sie glauben zu kennen. Wenn ich etwas ums Verrecken nicht will, dann irgendeine bekannte Fresse sehen. Schon gar nicht, während ich mich zuschütte. Immer weiter. Reden schon gar nicht. Wenn der bärtige Wirt ihr Lude wäre, hätte er mich längst rausgeschmissen, so unfreundlich, wie ich bin. Kein Zweifel.

"Ich hätte gern einen Wodka mit Apfelsaft", sagt sie zu mir mit breitem Akzent. "Bestell dir deinen Scheiß-Drink allein", antworte ich und rauche die ganze Zeit ihre Zigaretten, die auf der Theke liegen. Ne Marke aus Polen oder Tschechien, was weiß ich. Hauptsache ich scheiß mir von den Dingern nicht in die Hose. Sie schiebt mir ihre Zunge in mein linkes Ohr. Hätte große Lust, ihr mit meiner rechten Faust in die Fresse zu hauen. Nicht mal in Ruhe trinken kann man. Weiß auch nicht, was ich sonst machen soll, damit sie verschwindet.

Plötzlich packt sie ein Typ, der vorher mit zwei anderen Gestalten an einem Tisch hinter uns gesessen hatte, am Arm. "Ich find's nicht mehr lustig", flüstert er ihr zu. Dann redet er in einer Sprache mit ihr, die ich nicht verstehe. Komisch, dass der Typ so ruhig bleibt. Wirkt eher verzweifelt, als aggressiv. Sie reißt sich los, macht eine wegwerfende Handbewegung, die zeigt, wie Hacke sie ist, schreit ihn an, dass er sich verpissen soll. Der Typ zieht sich tatsächlich zurück. Setzt sich wieder an den Tisch zu den Anderen.

Der Wirt gegenüber genehmigt sich 'nen Kurzen und ich zünde mir noch eine von ihren Kippen an, als sie mir zuflüstert: "Nimm mich mit zu dir nach Hause. Ich will nur weg hier, weg. Nimm mich mit. Aber damit du's weißt, ich bin keine Hure." Ich schaue mir den Rauch an, der aus meinem Mund Richtung Decke schwebt. Meine Ringe waren auch schon mal besser, denke ich und dann sag ich ohne sie anzusehen: "Super Zeichen, wenn 'ne Frau das extra sagen muss."

Dann bricht die Hölle los. Sie schlägt nach mir, spuckt mir hasserfüllt ins Gesicht. Trifft mich mitten zwischen die Augen. "Für was hältst du dich, du Scheiß-Kerl?! Hurensohn!" " Hey, wir sind doch gar nicht verwandt. Aber mach dir nichts draus, ich find dich auch echt klasse", sage ich zu ihr, als sie schon der Typ vom

Tisch packt und zum Ausgang zieht. Es macht mir richtig Spaß, sie immer weiter zu reizen, zu beleidigen. Kurz bevor sie aus der Tür raus ist, schreit sie noch was zu mir rüber, in ihrer Sprache, die ich nicht verstehe. Hat mich wahrscheinlich verflucht mit ihren dunklen Augen. Der Wirt bleibt ganz ruhig hinter seiner Theke. Die beiden Gestalten sind jetzt vom Tisch aufgestanden. Der eine geht direkt raus. Der andere legt ein paar Scheine auf den Tresen und folgt dann wortlos. Ruhe.

Ich schaue runter auf meinen Whisky, der vor mir steht. Der Wirt schaut mich an. Ich will das Glas greifen, um den letzten Schluck zu nehmen, als ich merke, dass etwas auf die Theke tropft. Brauche eine Weile, bis ich kapiere, dass es Tränen sind. Ich heule. Ich heule so schlimm, wie nur einmal als Kind. Meine Tränen prasseln auf das Holz der Theke wie ein Platzregen im Sommer auf den heißen Asphalt. Der Wirt schaut mich weiter an und ich fange an zu reden. Ich erzähle ihm die ganze verdammte Geschichte. Erzähle, dass mein Bruder gestorben ist, dass es noch nicht lang her ist, dass ich nicht mal auf der Beerdigung so weinen konnte wie jetzt. Ich rede und rede. Irgendwann bin ich fertig.

Ich stehe auf, umarme den Wirt, der fast kein Wort gesagt hat, über den Tresen hinweg und klatsche 100 Euro in die Pfütze, die ich vor mir hinterlassen habe. Auf den paar Metern zum Ausgang merke ich, wie unfassbar betrunken ich bin. Meine Beine geben richtig nach, zucken bei jedem Schritt. Dabei werde ich nie betrunken. Kann sonst machen, was ich will.

Draußen ist es immer noch schwül, obwohl es schon mitten in der Nacht sein muss. Kein Taxi in Sicht. Also torkele ich, total konzentriert auf den Boden vor mir, Richtung S-Bahn. Aus einiger Entfernung höre ich Schimpfen, Rumgeschreie. Vielleicht 'ne Prügelei.

Auf meinen Weg über die Brücke zum S-Bahnhof rempele ich jede Menge Leute an, die ich aber gar nicht wahrnehme. Schaff es nur irgendwie in deine Bude. Ich wundere mich, dass mich das ausgerechnet jetzt interessiert, dass ich nach Hause komme. "Pass doch auf!" "Willste was aufs Maul, du Wichser?!"

Mir ganz egal, was sie hinter mir her schreien. Irgendwie schaffe ich es, die Treppenstufen runter zur Bahn heil hinter mich zu bringen. Und da steht sie schon. Nichts wie rein. Die Türen schließen sich hinter meinem Rücken. Ich bleibe stehen, obwohl viele Sitzplätze frei sind. Denn sonst würde ich einschlafen und bestimmt erst morgen Mittag wieder aufwachen. Meine Beine zucken immer noch und nach 4 Stationen bin ich am Ziel.

Beim Aussteigen bleib ich noch halb an der Tür hängen. Ich höre das schäbige Lachen von irgendwelchen Pennern in der Bahn, aber dann bin ich draußen. Einen Moment bleibe ich stehen, alles dreht sich. Also schnell weiter gehen. Da ist schon der Park, und in ein paar Minuten bin ich am Ziel. Der Wind ist angenehm kühl und vertreibt die stickige Hitze. Als ich etwas ruhiger durchatme, merke ich, wie sehr ich pissen muss. Egal. Gleich zu Hause.

Für einen Sekundenbruchteil sehe ich einen Schatten auf mich zukommen, und da trifft er mich auch schon mit voller Wucht. Jemand schreit: "Scheiße", es klirrt, ich falle hin und der Jemand auch. Verschwommen sehe ich ein Fahrrad neben mir liegen. "Mein Kopfhörer! Du blödes Arschloch!", werde ich angeschrien. Als ich meinen Kopf etwas drehe, um zu sehen, woher das Geschrei kommt, trifft mich schon ein Fußtritt mitten ins Gesicht. Dann noch einer und noch einer, immer von einem neuen Schimpfwort begleitet. Schmerzen fühle ich keine, aber ich merke, dass ich mir in die Hose gepisst habe, während ich höre, wie das andere Unfallopfer weiter fluchend auf sein Fahrrad steigt und wegfährt. Als ich mich aufrichten will, spüre ich Blut über meine Wange laufen. Glaube, es kommt aus dem Ohr.

Der Wind ist immer noch angenehm kühl. Ich liege im Rinnstein und frage mich, was Frankie wohl tun würde.

## HÖLLE

Er sitzt auf der Bank und schaut den Kindern beim Spielen zu. Er kann sich nicht mehr daran erinnern, wie es war, ein Kind zu sein. Wie er sich gefühlt hat. Dabei ist es gar nicht so lange her.

"Was die Leute alles noch so aus ihrer Kindheit wissen - unglaublich. Ich erinnere mich an gar nichts ... Medikamente ... starke Medikamente. Das brauch ich." Immer wieder denkt er das. Aber dann müsste er ja zu einem Arzt gehen und erklären. Erklären, was nicht zu erklären ist. "Außerdem gibt es eh nichts Wirksames ... Nichts Wirksames." Die Sonne scheint, die Vögel zwitschern, er schwitzt. "Wegen jeder Scheiße bringen sich Menschen um. Wegen jeder Kleinigkeit. Warum schaff ich es nicht", denkt er und betrachtet dabei jeden Jungen, der auf dem Spielplatz herumtollt, ganz genau. Die Mädchen interessieren ihn nicht. "Starke Medikamente ... Nichts Wirksames." Er bleibt so lange sitzen, bis er es nicht mehr aushält. Das Schwitzen wird immer schlimmer. Die Kehle schnürt sich zu. Schwindel.

Er steht abrupt von der Bank auf und läuft los. Leise schließt er die Wohnungstür auf, geht hinein und schließt sich sofort im Badezimmer ein. Der Würgereiz ist heute besonders stark. Das Zittern auch. Er weint. Betet. "Was machst du da drin so lange?" Die Stimme seiner Mutter. Sie klopft immer heftiger gegen die Tür. "Mach auf! Ich warne dich! Mach sofort auf!" Er wäscht sich schnell sein Gesicht ab und ruft dabei: "Ich bin gleich soweit, Mama! Entschuldige bitte." Er öffnet die

Tür und sie steht vor ihm. "Was hast du da drin so lange gemacht? Schäme dich! Hast du dich etwa wieder angefasst?" Sie fängt an, hysterisch auf ihn einzuschlagen. Er hält seine Hände schützend vor sein Gesicht. "Bitte, Mama ... es tut mir leid." Sie schlägt weiter und kreischt: "Schämen sollst du dich!" "Bitte ... bitte, Mama ..." Es ist nicht immer so, dass verschlossene Türen seine Mutter so wütend machen. Manchmal stellt sie auch gar keine Fragen.

Er und der zehnjährige Junge gehen durch den Flur. Seine Mutter ist in der Küche beim Abwaschen. Aber sie muss sie gehört haben. Im Zimmer sitzen er und der Junge auf seinem Bett, trinken Cola und schauen sich Comics an. Auch die vielen Auto- und Flugzeug-Modelle sind sehr interessant.

Sie sitzen sehr nah nebeneinander und plötzlich kommen ihm die Tränen. Der Kleine schaut ihn unsicher, aber ruhig an und fragt: "Warum weinst du denn?" "Manchmal muss man eben einfach so weinen. Das ... das kennst du doch bestimmt auch." Der Kleine nickt still. Für einige Minuten sagt niemand ein Wort. Dann: "Ich muss jetzt gehen." "Aber ... aber bleib doch noch. Magst du noch eine Cola haben?" "Ist schon spät. Meine Eltern warten bestimmt schon."

Er steht vom Bett auf und geht langsam zur Tür. Der Junge sitzt noch da. Seine Mutter hat das Radio eingeschaltet. Er schließt die Tür ab und dreht sich wieder zu seinem Gast um. Sein Blick hat sich völlig verändert. Kalt, starr, feindselig. Er bleibt vor dem Bett stehen, schaut herunter zum Jungen und grinst plötzlich. Dann schlägt er zu. Der erste Schlag ist schon so hart, dass der Kleine vom Bett runter, brutal auf den Fußboden knallt. Er grinst weiter, beugt sich runter und sagt: "Ich möchte, dass du es vorher weißt ... Ich werde dich jetzt umbringen."

Zwei Tage sind vergangen. Er sitzt in seinem Zimmer. Seine Mutter ist in der Küche und kocht das Mittagessen. "Nett von ihr, dass sie so fest schlief, als ich den Jungen vorletzte Nacht in den Keller getragen habe", denkt er. "Aber es ist der dritte, der da unten liegt, wird Zeit, dass ich sie wegbringe." Er schaut aus dem Fenster. Es kommt ihm so vor als hätte die Sonne noch nie so hell geschienen. Und er fragt sich, warum er die drei überhaupt wegschaffen will. Es kann sowieso nicht lang so weitergehen. Er weiß es genau und pustet gegen das Flugzeug-Modell, das an einer Schnur von der Decke seines Kinderzimmers hängt.

Es klingelt an der Tür. Er hört aus der Ferne, wie seine Mutter öffnet. Dann einige Männerstimmen. Ruhig geht er raus in den Flur. Schaut zum anderen Ende. Polizei. Er zögert eine Sekunde, dann rennt er zum Balkon. Bevor er ihn erreicht hat, reißt einer der Polizisten ihn zu Boden. Schnell ist ein zweiter da. Sie legen ihm Handschellen an. Er lacht, während er so am Boden liegt. Kann gar nicht mehr aufhören zu lachen. Er lacht auch noch, als er aus der Wohnung gebracht wird und seine Mutter zu einem der Polizisten mit Tränen in der Stimme sagt: "Das Kind ist das Unglück meines Lebens."

Etwas in ihm hatte auf Ruhe gehofft. Endlich Ruhe. Aber er wird befragt. Immer wieder befragt. Nach seiner Kindheit, seiner Mutter. Soll erklären, was nicht zu erklären ist. Die Medikamente wirken nicht.

Nach dem vierten Tag Fragen, die er nicht beantwortet hat, sagt er plötzlich: "Wie ich das hasse. Diese Kinderficker, die sagen, nur weil ihnen mal einer als Kind an den Pimmel gefasst hat, müssen sie Kinder umbringen. So ein Unsinn. Das hat damit nichts zu tun. Und meine Mutter kann auch nichts dafür. Meine Mutter, gar nichts ... Ich wollte einfach schon immer Kinder auseinander schneiden. Schon als ich selbst noch ein Kind war, wollte ich das."

Er schaut dem Mann, der ihm gegenüber sitzt, direkt ins Gesicht und der kurze Schrecken in den Augen des erfahrenen Polizei-Psychologen freut ihn.

## ANDRI WAR EIN FREUND VON MIR

Andri ging die Straße runter mit seinem typischen "Kommt her, wenn ihr was wollt - Gang". Die Augen nass und voller Wut , aber kalt dabei. Die anderen wollten ihn abhalten zu gehen.

"Andri, Yuri ist selber schuld. du weißt doch, was für eine große Schnauze er hat", beruhigte Peter. "Wenn man Bassek beleidigt, landet man eben im Krankenhaus. Yuri wird schon wieder", erklärte Alex. "Bitte bleib hier, Andri", bettelte Magda. Toni, Yuris dreizehnjähriger Bruder, schaute nur ängstlich zu Boden.

Andri lief aus dem Krankenhaus und ging die Straße runter, direkt zu Basseks Restaurant. Der stand davor und redete mit zwei Kellnern, die aber wie Totschläger aussahen. Als Bassek Andri auf sie zukommen sah, machte er nur eine kurze Handbewegung und die Kellner packten Andri und schlugen ihm ein paar Mal hart in die Magengegend. Andri sackte zusammen und kniete so vor Bassek, der sich runter beugte. "Ich weiß doch, dass du klüger bist als dein Freund Yuri. Also benimm dich auch so. du gehst jetzt brav nach Hause." Die Kellner richteten Andri, der immer noch den Blick gesenkt hatte, wieder auf. "Ja, geh nach Hause, du kleiner Wichser!" Einer gab Andri noch einen Tritt in den Hintern und Bassek lachte.

Andri hörte beim Weggehen, wie das Lachen langsam leiser wurde, wie sein Atem rasselte und wie sich die Drei verabschiedeten. Er war schon zwanzig Meter von ihnen entfernt. Die Kellner gingen wieder ins Restaurant und Bassek zu seinem Wagen auf dem Parkplatz. Da blieb Andri stehen, drehte sich auf dem Absatz um und holte im Gehen eine kleine Eisenstange aus seinem hinteren Hosenbund hervor. Er ging immer schneller. Bassek kramte nach seinen Autoschlüsseln, als ihn der erste Schlag traf. Andri schlug immer wieder zu. Und als er den am Boden liegenden anbrüllte: "Beim nächsten Mal schlag ich dich tot", war der schon tot.

Andri war ein Freund von mir, aber nur so bis zur siebten Klasse. Da fing er an mit den bösen Jungs rumzuhängen und wir hatten nur noch wenig Kontakt. Auch wenn Andri immer eher klein und schmal gewesen ist, hatte er irgendwas Gefährliches an sich. Irgendwas in seinen Augen, eine Anspannung in seinem Körper. Eine Energie, die kein Ziel fand. Vielleicht, weil man schon sehr früh spürte, dass er, wenn er gezwungen würde, auch das Schlimmste tun könnte. Ohne Zögern. Ohne Frage nach den Konsequenzen.

Ich habe Andri, nachdem er aus dem Gefängnis kam, nur noch dreimal von Angesicht zu Angesicht gesehen, und was ich hier erzähle, ist die Summe von verschiedenen Bruchstücken, die mir verschiedene Menschen aus unserem Viertel erzählt haben. Nur wenig habe ich selbst miterlebt. Aber ich spüre, dass es sich nicht viel anders als so zugetragen haben muss, und es ist mir ein Bedürfnis zu erzählen.

Nach sechs Jahren öffnete sich das Gefängnistor wieder und Andri ging in seiner alten Trainingsjacke und dem noch viel älteren Koffer seiner Mutter in der Hand ins Freie. Ein Auto hupte. Auf dem Parkplatz stand schon das Empfangskomitee. Yuri, Magda und der Rest der alten Bande. Sie schrien immer wieder seinen Namen, johlten und lachten.

Yuri war der erste, der Andri fest umarmte. "Wieder raus, endlich bist du raus!" Magda hatte Tränen in den Augen. Die anderen begrüßten ihn auch überschwänglich. Sie hatten Wodka und Champagner dabei. Etwas abseits stand ein etwa 19-jähriger Bursche. Andri schaute ihn prüfend an und sagte dann: "Toni! Gott, du siehst gut aus. Bist ja jetzt viel größer als ich. Komm her."

Man spürte eine große Freude bei Andri. Auch wenn er wenig redete und viel weniger lachte als die anderen. Er war verändert. Eine Ruhe war in ihm, wie man sie nie von ihm kannte. Auch mir ist es sofort aufgefallen, als ich ihn abends in unserer alten Bar traf, nachdem sie wohl den ganzen Tag saufend in Yuris Auto herumgefahren waren. Wir sahen uns nur kurz in die Augen, als er mit den anderen reinkam. Freundlich nickten wir uns zu. Das war's.

Sie tranken weiter und Yuri redete die ganze Zeit manisch auf Andri ein. Dass es jetzt wieder losgeht, wieder alles wird wie früher. Er war inzwischen offensichtlich hilflos auf Drogen. Wenn er kurz mal schwieg, war eine Traurigkeit in seinen Augen, die an Verzweiflung grenzte. Mir war es schon einige Male aufgefallen. Und an diesem Abend wurde mir klar, dass Andri diese Verzweiflung immer sah in Yuris Augen. Immer schon. Und das muss auch der Grund gewesen sein, warum

Andri ihm immer wieder verzieh. Er alles für ihn tun würde. Sich sogar ans Kreuz schlagen ließe.

Und das hatte er ja schon getan. Sechs Jahre Gefängnis. Magda schaute die Beiden, heftig trinkend, die ganze Zeit an. Sie hatte früher mit beiden was. Wobei eigentlich klar war, dass sie in Andri verliebt war. Aber er nicht in sie. Er liebte eine andere. Aber dazu später mehr.

Gegen 3 Uhr morgens wurde heftig getanzt. Andri blieb aber lieber sitzen und rauchte. Ein Mädchen, das länger mit Yuri getanzt und geredet hatte, setzte sich zu ihm. Irgendwann küsste sie ihn und nahm ihn mit, in eines der Zimmer oben.

Als sie fertig waren, sie so dalagen und Andri sich eine Zigarette anzündete, sagte sie: "Geht's dir jetzt besser? Yuri hat mir erzählt, was mit dir los ist. Dass du aus dem Knast kommst. Bin sein Geschenk für dich." Andri schaute nur hoch zur Decke und sagte: "Hau ab." Sie stand auf und zog sich an und er hörte nicht mehr, was sie noch sagte. Er lag da und dachte, dass es überall gleich ist, wenn man einfach da liegt und nach oben starrt. Wenn man die vielen verschiedenen Falten, Verfärbungen und anderen Unregelmäßigkeiten oben an der Decke ganz genau betrachtet, ist es ganz egal, wo man ist.

Am nächsten Tag besuchte Andri seine Mutter. Es muss schwer gewesen sein, diesen alten Weg zu gehen. Das verwahrloste Treppenhaus, der alte Geruch. Nach fünfmal klingeln und einigen Minuten später öffnete sie. "Oh, Gott. Bist du dünn geworden, Andri." Das war alles, was sie zur Begrüßung sagte. Kaum hatten sie sich in die Küche gesetzt, erzählte sie dasselbe, was er sich schon vor sechs Jahren und die vielen Jahre davor anhören musste. Dass sein Vater der böseste Mann war, der je geboren wurde, er beide im Stich gelassen hatte und sie überhaupt jeder im Stich ließ. Nur jetzt hatte Andri sie natürlich auch im Stich gelassen, weil er ja selbstsüchtig ins Gefängnis gegangen war.

Früher hätte er seine Mutter angebrüllt, ihre Alkoholvorräte weggeschüttet. Jetzt schaute er sie nur mit großem Mitgefühl an und ging, nachdem sie genug geredet hatte, mit den Worten: "Ich kauf mal was ein für dich. Der Kühlschrank ist ja leer. Bin gleich wieder da." Er kaufte ziemlich viel, bei mir in dem kleinen Laden, den ich von meinen Eltern übernommen hatte. Vor zwei Jahren schon.

Wir unterhielten uns nur kurz an der Kasse, als Julia hereinkam. Andri drehte sich um und er sah sie und sie sah ihn. Die Zeit stand still. "Du bist wieder da ...", sagte sie leise, und es war nicht klar, ob es eine Feststellung oder eine Frage war. "Ja, ich bin raus ... schön, dich zu sehen", antwortete er genauso leise. Dann gingen sie beide nach draußen. Unterhielten sich noch lange auf der Straße. Ich sah sie durch das Ladenfenster, und es gab für mich keinen Zweifel, dass sie sich noch immer liebten. So wie damals, vor dem Gefängnis. Sie liebten sich so sehr, dass Yuri damals schon auf eine seltsame Art eifersüchtig war. Wahrscheinlich, weil sie der einzige

Teil in Andris Leben war, der ihm völlig verschlossen blieb.

Julia war psychisch sehr labil, was verständlich ist, wenn man weiß, wie sie aufwachsen musste. Und Andri kümmerte sich um sie, so gut er es zum damaligen Zeitpunkt konnte. Ihre Angst, ihr Schmerz waren für ihn nur ein Grund, sie noch mehr zu lieben. Doch irgendwann ging es nicht mehr. Sie waren nicht mehr zusammen, noch bevor Andri Bassek erschlug und ins Gefängnis kam. Nach mehr als sechs Jahren standen sie nun wieder gemeinsam auf der Straße, so wie früher. Zum Abschied stellte Andri die Tüte mit den Einkäufen für seine Mutter auf den Bürgersteig und umarmte sie vorsichtig. Dann gingen beide ihrer Wege und das Ladenfenster, das mir in den letzten Minuten wie ein Bilderrahmen vorgekommen war, war wieder leer.

Sie trafen sich immer öfter, gingen spazieren, redeten und schwiegen miteinander. An einem Abend weinte sie und sagte: "Es tut mir so leid, dass ich dich nie besucht habe, aber ... ich konnte einfach nicht." Er hielt sie ganz fest in seinen Armen. "Ich weiß ... es ist alles gut", war alles, was er antwortete.

Die Nacht, die sie danach zusammen verbrachten, muss Andris erste Nacht in Freiheit gewesen sein. Am Morgen durchflutete die Sonne das schäbige Zimmer über der Bar, in dem Andri seit seiner Entlassung wohnte. Yuri hatte das organisiert. Und der stand auch vor der Tür, als Julia gerade gehen wollte. Er schaute sie kalt an. Sie ging schnell an ihm vorbei.

"Hängst du wieder mit der rum? Hab nie verstanden, was du an dem dürren, kleinen Mädchen findest." Andri zündete sich eine Zigarette an. "Geht dich nichts an", sagte er nur. "Na klar. Mich geht das nichts an. Hab ich vergessen", schnaufte er abwesend. "Kannst auch bei uns in die Bude ziehen. Ist ja 'ne große Wohnung. Magda und die anderen würden sich freuen. Vor allem auch Toni." Er kramte in seiner Jackentasche rum. "Willst du 'ne Line?" "Nein", sagte Andri. "Was ... nein?", fragte Yuri verwirrt. "Beides nein. Danke." Nachdem sich Yuri was durch die Nase gezogen hatte, fing er so an zu reden wie immer, wenn er wollte, dass Andri etwas für ihn tat.

"Hör mal, Bruder. Ist echt keine große Sache, aber ..."

Am Abend desselben Tages saß Andri mit einer kleinen Sporttasche auf dem Schoß in der U-Bahn. Er sollte die Tasche zu Volkov bringen. Yuri und die anderen hatten die letzte Zeit kleinere Geschäfte für ihn erledigt. Yuri hatte aber dabei irgendwie Scheiße gebaut und war in Ungnade gefallen. In der Tasche war wohl eine Wiedergutmachung. Oder der Versuch davon. Andri wollte gar nicht wissen, was drin war. Wenn Yuri ihn um etwas bat, fragte er sowieso fast nichts. Daran hatte auch das Gefängnis nichts geändert. Er trank ein Bier, so wie viele andere Leute auf dem Weg von der Arbeit nach Haus und wartete auf die richtige Station.

Eine Station vor dem Ziel waren außer ihm nur noch zwei junge Typen im Waggon. Schlägertypen. Sie schielten immer wieder auf die Sporttasche. Dann nickten sie sich zu und setzten sich in Bewegung. Andri wusste, was passieren würde. Er sprang auf und warf mit voller Wucht die Bierflasche in das Gesicht eines der beiden Angreifer. Der schrie und sackte zusammen, während der andere Andri mit einem Fausthieb nur knapp verfehlte. Andri traf besser. Schnell griff er die Tasche und lief zu einer der U-Bahn-Türen. Aber da war der Typ schon wieder bei ihm. Jetzt erwischte er Andri mit einem Schlag. Der andere Kerl mit der Bierflasche im Gesicht griff unter seine Jacke. Andri rammte den Gegner vor ihm mit der Tasche weg. Die U-Bahn hielt. Der mit dem blutenden Gesicht hatte jetzt eine Pistole in der Hand. Andri packte dessen Arm. Die Türen öffneten sich. Er biss ihm in die Hand. Die Pistole fiel zu Boden. Andri schlug zu, hob die Waffe reflexartig auf und sprang aus der Bahn, während sich die Türen bereits schlossen. Er atmet tief durch. Geschafft.

Das Restaurant, in dem Volkov auf ihn wartete, war ganz in der Nähe. Er ging hinein. Russische Musik, das Durcheinander von vielen Stimmen, Lachen. Andri ging zum Tisch, an dem Volkov saß. Er saß allein am Tisch mit vielen vollen Tellern vor sich, die er zum Abendessen bestellt hatte. Neben dem Tisch standen zwei Leibwächter. Einer von ihnen hielt Andri an und nahm ihm die Sporttasche ab. Andri war das recht. Nur schnell wieder weg.

Er nickte Volkov respektvoll zu und wollte schnell wieder gehen, aber der sagte plötzlich: "Setz dich zu mir, Junge." Andri tat, was ihm gesagt wurde. Volkov sprach weiter: "Unser Andri, wieder raus aus dem Loch. Freut mich, Junge. Ich hab dich immer schon gemocht. Schon damals, als du noch ein halbes Kind warst und mit diesem Gesindel rumgelaufen bist. Schade, dass du mit denen immer noch rumläufst. Denn sonst wärst du ja nicht hier und würdest erledigen, was dieser beschissene Yuri tun sollte. Du glaubst, der ist dein Freund. Aber da irrst du dich. Der ist nur ein tollwütiger Hund und die haben keine Freunde. Wird immer schlimmer mit ihm. Sein kleiner Bruder kann einem leidtun. Du bist ganz anders. Kannst gern für mich arbeiten, Junge. Brauchst es nur zu sagen. Bist ruhiger geworden. Nicht mehr so hitzköpfig. Also, was sagst du?" "Ich fühle mich sehr geehrt, dass sie so viel von mir halten, Herr Volkov", sagte Andri ruhig. "Aber ich weiß noch nicht, was ich in Zukunft tun werde. Ich bin noch keine zwei Wochen raus. Und was Yuri angeht, muss ich ihnen sagen, dass sie ihn nicht so kennen, wie ich ihn kenne." Volkov schaute Andri lächelnd an und sagte: "Dann mach's gut, Junge".

Andri stand auf, nickte Volkov noch mal höflich zu und verließ das Restaurant. Es war sehr spät geworden, und er beschloss, zu Fuß zurückzugehen. Die letzte Bahn hätte er sicher noch gekriegt, aber es tat ihm gut, zu gehen.

Ihm wurde klar, dass er wirklich nicht wusste, was er in Zukunft tun sollte. Er hatte es, fast ohne nachzudenken, zu Volkov gesagt, aber es stimmte. Was sollte er auch tun? Und Yuri? Er schien immer mehr zu verschwinden in einem Strudel aus Drogen. Nur an Julia dachte er gern. Eine Arbeit finden. Irgendeine. Für sie. Als er bei der Bar ankam, war viel Zeit vergangen. Der

Morgen war nicht mehr fern. Er schloss auf und ging nach oben in seine kleine Unterkunft.

Noch bevor er Licht machte, hörte er ein leises Wimmern. Vor Schreck griff er kurz zur Pistole, die er aus der U-Bahn mitgebracht hatte und fast vergessen hatte. Stille. Er drückte den Lichtschalter und da lag Julia neben dem Bett. Sie weinte, ihr Kleid war zerrissen, es war klar, was passiert war. Er weinte auch und spürte, wie die Wut in ihm aufstieg.

"Wer war das?", fragte er, nachdem er sich zu ihr auf den Boden gekniet hatte. Es dauerte, bis die Antwort kam, dann sagte sie leise: "Yuri." Nur mühsam brachte er sie dazu, weiter zu sprechen und erfuhr schließlich, was passiert war.

Sie wollte Andri noch spät besuchen und ging durch die Bar. Da saßen Yuri, Magda, Alex, Peter und Toni. Alle waren schlimm betrunken. Sonst waren keine Gäste mehr da. "Andri ist nicht da, Kleine. Komm, warte hier mit uns", rief Yuri. Sie wollte nicht, was ihn maßlos ärgerte. "Du trinkst jetzt was", schrie er. "Hältst dich wohl für was Besseres", fauchte Magda. Alex lachte und Peter schüttete Julia seinen Drink über ihr Kleid. "Schöne Titten", grinste Yuri. "Bist nicht die Erste, die dein Andri und ich uns teilen." Dann fiel er über sie her. Alex hielt sie fest. Magda blieb apathisch sitzen und trank weiter. Auch der Wirt sagte kein Wort. "Schau zu, dann lernst du was, Toni", lachte Peter. Julia schrie. Toni lief nach draußen und wartete, bis es vorbei war. "Toni war auch dabei ... hat dir nicht geholfen?", fragte Andri flüsternd. Sie nickte. Er weinte immer schlimmer.

"Ich bring sie um ... ich bring sie alle um." Dann half er Julia aufs Bett und hielt sie in seinen Armen, bis sie sich beide leergeweint hatten und sie endlich eingeschlafen war. Andri wartete noch eine Weile, bis er vorsichtig seine Umarmung löste und aufstand. Er ging die Treppe runter, raus auf die Straße, die Pistole in der Hand.

Die verwahrloste Erdgeschosswohnung, in der Yuri und die anderen, die irgendwann mal seine Freunde waren, hausten, war nur zehn Minuten entfernt. Er ging immer schneller. Die Augen nass, aber kalt dabei. Im Treppenhaus vor der Wohnungstür war Musik zu hören. Sie feierten immer noch. Andri klingelte. Ziemlich schnell wurde geöffnet. Es war Alex. Andri schoss sofort. Magda kam gerade aus der Küche. Sie rief fast naiv: "Andri!", bevor sie ein Schuss zu Boden riss. Andri lief vom Flur ins Wohnzimmer. Auf dem Weg dahin spritzte Peters Gehirn gegen die Wand. Yuri saß völlig hinüber im Sessel. Die Kugel traf ihn in den Bauch. Ungläubig schaute er an sich runter, während sein kleiner Bruder durch eins der Fenster krachte, nachdem Andri ihn in die Schulter getroffen hatte.

"Ach, Andri ... ist doch alles Scheiße", sagte Yuri noch, als Andri ihm den Lauf der Waffe gegen die Stirn presste und dann abdrückte. Toni hatte sich draußen wieder aufgerichtet und taumelte die Straße lang. Ich sah alles von meinem Fenster aus. Hatte meinen Laden gerade aufgemacht an diesem Morgen. Toni blutete stark. Ein weiterer Schuss fiel. Er traf Tonis Bein, der danach wieder am Boden lag.

Und da sah ich Andri. Er ging zu Toni, mit seinem Gang von früher und beugte sich zu ihm runter. "Es tut mir so leid, Andri ... ich ... ich war feige, Andri", weinte der Junge. Andri schaute ihn ganz starr an, sagte immer wieder: "Toni, Toni", und schlug dabei mit der Waffe hart auf dessen Kopf. Bestimmt achtmal schlug er zu, immer härter.

Dann stand er abrupt auf und richtete die Waffe auf einige Passanten auf dem Bürgersteig, die wie gelähmt dastanden. "Was guckt ihr so blöd? Wollt ihr was von mir? Kommt her, wenn ihr was wollt!" Niemand rührte sich. Andri schaute noch mal kurz um sich. Mir kam es so vor, als hätte er mich hinter dem Fenster stehen sehen, und ging wieder Richtung Bar. Er hätte Julia nicht allein lassen dürfen.

Als er zurückkam, lag sie in dem kleinen Badezimmer. Sie hatte sich die Pulsadern aufgeschnitten, nachdem sie wach geworden war. Ein bisschen atmete sie noch, aber Andri spürte, dass jeder Arzt zu spät kommen würde. Also hielt er sie, wie so oft zuvor, im Arm. Und er spürte, wie das Leben aus ihr wich. Sonne durchflutete das schäbige Zimmer.

Er kam aus der Bar, setzte sich auf die paar Treppenstufen vor dem Eingang und steckte sich die Pistole in den Mund. Er drückte ab, aber es löste sich kein Schuss. Die Waffe muss durch Tonis Kopf ganz verbogen gewesen sein.

Andri war ein Freund von mir und ich weiß nicht, warum er nicht zurück ins Zimmer gegangen ist und das Messer aufhob, das neben Julia lag. Warum er sich nicht irgendein hohes Gebäude oder Bahnschienen gesucht hat. Er saß einfach da und wartete. Wieder war eine große Ruhe in ihm, die man überhaupt nicht von ihm kannte. Aber doch anders als in den zwei Wochen zuvor. Er war wie erloschen.

Als die Polizei vorfuhr, um ihn zu verhaften, leistete er keinerlei Widerstand. Alle, mit denen ich sprach und die seine Verhaftung beobachtet hatten, meinten, er habe eigentlich überhaupt keine Regung gezeigt.

## OSTKREUZ - HÄSSLICHE SEITE

Manchmal, wenn ich von meiner Wohnung zur S-Bahnstation Ostkreuz gehe - hinten rum - die hässliche Seite lang, wo ständig Baustelle ist und alles wie Niemandsland aussieht, denke ich, dass ich doch mal eins der Mädchen, die mir entgegenkommen, fragen sollte, ob wir nicht ficken wollen.

"Hey, ich wohne um die Ecke, hast du Lust?" Was soll passieren? Einige würden erschrocken oder böse gucken und weitergehen. Die Nächste würde vielleicht lachen und man redet dann sogar ein bisschen. Tauscht Nummern aus. Und Eine würde sagen: "Okay." Garantiert würde mindestens eine von zehn "Ja" sagen. Warum tue ich es nicht? Einfach fragen. War ich zu lang allein? Hab ich Angst vor allem? Vielleicht tue ich es aber auch nicht, weil ich genau weiß, dass das auch nichts ändern würde. Dass ich dich trotzdem nicht vergessen könnte.

Komme mir vor wie der alte Tatort-Kommissar aus dem Osten, der in einer Folge, die mich vor vielen Jahren so fies zum Heulen gebracht hat, von seinem vielleicht vierzigjährigen Sohn vorsichtig gefragt wird: "Papa, magst du denn nicht mal jemand Neues kennenlernen?" Und der Alte antwortet nur: "Ich kann die Mutti nicht vergessen." Nur bin ich nicht Mitte sechzig, sondern grad mal dreißig - verdammte Scheiße. Und du liegst auch nicht auf dem Friedhof, sondern lebst immer noch irgendwie-irgendwo vor dich hin.

Ich muss gestehen, manchmal nehme ich dir das übel, wenn ich frühmorgens am Wochenende nach dem Feiern durch diese Baustellenunterführung aus Holz gehen muss. Weg nach Hause. Hässliche Seite vom Ostkreuz. Mir schießt dann immer alles Mögliche durch den Kopf. Zum Beispiel: "Wenn mich jetzt irgendwer überfällt. Angreift." Ist ja auch total dunkel und unübersichtlich in dem Ding. Drücke schon mein Feuerzeug ganz fest in meiner rechten Faust und stelle mir dann vor, wie einer mich anspringt aus dem dunkel. Ich wehre mich und töte ihn. Weiß gar nicht genau wie, aber ich töte ihn. Rufe ich danach gleich die Polizei? Oder besser erstmal einen Freund an, der sich mit so was besser auskennt als ich, zum Beraten?

Meistens endet die Grübelei damit, dass ich zu dem Schluss komme, dass ich einfach ruhig weitergehen muss, nicht zu schnell, direkt nach Hause. Mich hat sowieso niemand gesehen und selbst wenn. Na, und? Interessiert doch keinen.

Es interessiert sich grundsätzlich niemand für irgendwas oder irgendwen. Kann mich da nicht ausnehmen. Wenn ich in meiner Wohnung aus dem Fenster gucke, schaue ich auf eine unbebaute, freie Fläche. Sieht im Sommer klasse aus mit den grünen Bäumen. Im Winter sieht es aus wie das mieseste Russland. Einmal schaue ich runter - ich wohne im zweiten Stock und es muss Sommer gewesen sein - und ich sehe ein osteuropäisch aussehendes Mädchen bei den vielen Bäumen stehen. Sie schaut sich um und holt dann aus ihrer Umhängetasche ein richtig großes Küchenmesser hervor. Schaut nochmal nach links und rechts, und dann fängt sie an, das Messer bei einem Gebüsch in der Erde zu vergraben.

Ich gehe vom Fenster weg und laufe nervös ein paar Minuten rauchend durch meine Bude. Dann bin ich was einkaufen gegangen, weil abends ein Kumpel zum Trinken vorbeikommen wollte. Danach waren Messer und Mädchen so gut wie vergessen. Warum sich auch noch über Kram Gedanken machen, mit dem man gar nichts zu tun hat? Ich mache mir eh schon viel zu viele Gedanken über allen möglichen Schmutz, was sinnlos ist.

Alles, was man denkt, was bestimmt passieren wird, passiert sowieso nicht. Die kleinen Hoffnungen, die ich so hatte, sind nie wahr geworden. Die größten Ängste und Befürchtungen werden auch nie wirklich wahr, wobei es da Ausnahmen gibt. Ja, da gibt es allerdings Ausnahmen und man fühlt sich dann, als ob einem der Teufel mitten ins Gesicht lacht. Und dann geht's los mit den Gedanken: "Das kann doch nicht passieren - das ist doch unmöglich - hätte ich mich doch nur anders verhalten - hätte ich doch nur in dem Moment das Richtige gesagt - ich hätte es verhindern können mit meinem Verhalten ...", und der Teufel lacht weiter.

Aber vielleicht hat der Teufel damit nichts zu tun und der Typ, der angeblich über einem wohnt, will einen testen. Das hat er ausgehalten, aber hält er den nächsten Schlag auch noch aus? Da ist ja noch etwas, was ich ihm wegnehmen kann. "Es gibt noch viel zu lernen", sagt der Typ über mir.

Manchmal wenn ich wochentags, spät abends, diesen langen, schmalen Gehweg an den Baustellen vorbei langgehe - hässliche Seite Ostkreuz - habe ich einen

Wunsch. Und es ist egal, ob ich von einem Freund komme und wir haben uns gut unterhalten, getrunken und gelacht oder ob ich von der Arbeit kam, als ich noch welche hatte.

Ich wünsche mir, dass jemand aus einem der Autos, die rechts neben mir vorbeirasen, auf mich schießt. Rechts durch die Seite direkt in meinen Bauch. Ich würde nicht schreien. Ich würde nicht versuchen, zu den Häusern auf der anderen Straßenseite zu kommen, wo noch ein paar Fenster erleuchtet sind.

Ich würde die zwei Meter nach links gehen, mich hinsetzen, meinen Rücken an den Drahtzaun gelehnt mir eine Zigarette anzünden, wenn ich noch eine hätte, und mir die Autos und ihre Lichter angucken, die vorbeisausen. Und wenn einer von den wenigen Leuten, die an mir vorbeigehen und auch gerade auf dem Weg nach Hause sind, mich ansprechen würde, ob ich denn okay bin, würde ich nur an meiner Zigarette ziehen, hoffen, dass er nicht die tiefrote Pfütze unter mir bemerkt, und ganz ruhig antworten:

"Alles in Ordnung. Mir geht's gut."

## ZEIT ZU GEHN

Der Blick aus seinem Fenster hatte sich verändert. Früher konnte er den freien Himmel sehen, wenn er hinaus schaute. Jetzt verdeckte ein riesiges, hohes Haus die Sicht. Die Bauarbeiten waren fast beendet und bald würden hunderte Menschen darin wohnen. Hier in dieser Stadt, wo alle leben wollten oder wenigstens versuchten zu leben.

Während er am Fenster stand, war sein bester Freund gerade dabei, die alten Dielen abzuschleifen. Die Maschine hatten sie morgens ausgeliehen und das Ding machte einen so widerlichen Krach, dass man hätte denken können, sie wäre kaputt.

"Aber das ist ganz normal", sagte sein Freund. Die Möbel waren bereits abgebaut und standen zusammen mit den vielen fertig gepackten Kartons in dem breiten Flur, den er von Anfang an so gemocht hatte. Als er hierher gezogen war, war er noch ein ganz anderer Mensch gewesen. Gerade jetzt fiel es ihm schmerzlich auf, als er die wieder frisch weiß gestrichenen Wände betrachtete. Auch die Stellen auf den Dielen, wo seit Jahren Möbel gestanden hatten, waren so hell und rein. Nicht so verblichen dunkel wie der Rest des Fußbodens.

Die Arbeit in der Wohnung war gleich erledigt, wenn das Abschleifen fertig war.

"Hey, soll ich dich mal ablösen? Musst ja nicht den ganzen Scheiß allein machen", fragte er seinen Freund. Aber der antwortete nur: "Nee, lass mal. Bin eh gleich durch. Verabschiede dich mal in Ruhe."

Ja, er konnte dankbar sein, so einen Menschen zum Freund zu haben. Jemanden, der genau spürte, wie sehr er sich mit der Entscheidung gequält hatte, aus dieser Stadt wegzuziehen. So viel hatten sie zusammen durchgestanden in der langen Zeit, in der sie sich kannten. Oft hatte einer dem anderen das Leben gerettet. Und auch wenn es übertrieben klang und viele über diese Formulierung gelacht hätten, wussten sie beide, dass es stimmte. Früher hatten sie zwar ein paar Monate lang mit demselben Mädchen geschlafen, aber selbst das konnte ihrer Freundschaft nichts anhaben.

Der Krach war kaum auszuhalten, aber er drehte sich eine Zigarette und schaute weiter voller Gedanken aus dem Fenster, das er vor einer Stunde geputzt hatte. Meistens hatte das seine Mutter getan, wenn sie und sein Vater einmal im Jahr zu Besuch waren. Wie lange würden seine Eltern noch leben? Seine Mutter vielleicht noch zwanzig Jahre? Sein Vater zehn? Niemand weiß es. Es war gut, wieder zurückzuziehen. Früher war er sich immer sicher gewesen, dass er vor seinen Eltern sterben würde. Aber seit ein paar Jahren nicht mehr.

Die Maschine krächzte nochmal ganz laut und dann war es endlich ruhig. Jetzt konnte er wieder den Wind hören, Musik aus einem der Nachbarfenster, die auch geöffnet waren, und wie sein Freund "Fertig!" sagte. Morgen früh würden sie den kleinen Umzugswagen abholen, ihn beladen und dann zurück in die alte Heimatstadt. Heute mussten sie nur noch den Keller leer machen. Danach in Ruhe was essen gehen, bisschen was trinken und das wäre alles. Er hatte extra Mundschutz besorgt für diesen übel verdreckten Keller. Sie lachten, als sie die Dinger anlegten und mit einer Rolle Müllbeutel und einem Messer runter gingen. Wie die zwei Serienmörder vom freundlichen Umzugsunternehmen nebenan. Er freute sich darauf, die unzähligen verstaubten Erinnerungen, die in halbzerrissenen Kartons lagerten, endlich in den Müll zu befördern.

Während er das Wenige, das er mitnehmen wollte, aussortierte und sein Freund den anderen Kram in die Müllbeutel stopfte und teilweise mit dem Messer klein machte, dachte er an die vielen Frauen, denen er in dieser Stadt begegnet war und an die eine, die auch ein Grund dafür war, dass er nun wegzog von hier. War sie es wirklich wert, dass er alles hinter sich ließ? Kannte sie ihn überhaupt wirklich - und er sie? Aber sie hatte ein Gesicht, das er stundenlang anschauen wollte. Und dann dachte er wieder an seine Eltern und die vielen alten Freunde, die er dann endlich wieder jederzeit sehen könnte. Nein, es war gut so. Dreizehn Jahre in dieser verdammten Stadt waren genug. Er hatte diese vielen besoffenen Gespräche in irgendwelchen Bars endgültig satt. Die Sauferei und die Einsamkeit um ihn herum und in ihm selbst. Wieder zu Hause würde alles besser und einfacher sein. Es war Zeit zu gehen, hämmerte er sich immer wieder in den Kopf.

Jede Menge vollgestopfte Müllbeutel, aber der kleine Keller war endlich leer. Nur noch den ganzen Dreck nach draußen in den Innenhof tragen, wo die Mülltonnen standen, alles schnell reinstopfen, hoffen, dass sich keiner beschwerte und alles wäre erledigt.

Nach ein paar Minuten hatten sie alles auf den Hof geschafft. Sein Freund zerschnitt die alten Pappkartons und entsorgte sie in der Papiertonne, während er die vielen Müllsäcke in den großen Container wuchtete.

Als er das tat, sah er, wie sich langsam eine alte Frau näherte. Sie ging ganz gebückt und sah uralt aus. So alt, als hätte sie schon hier gelebt, als dieses Haus, die ganze Straße gebaut worden war. Und den gleichen Mantel und das gleiche Kopftuch hatte sie damals auch schon getragen. Denn schon damals muss sie eine alte Frau gewesen sein. So kam es ihm wenigstens vor. Ein Schauer lief über seinen Rücken und er schaute weg.

Der Container war schon voll. Also musste er die restlichen drei Säcke irgendwie reinquetschen oder oben drauf stapeln. Die Alte war gerade an ihm vorbei gegangen. Sein Freund machte die letzte Pappe klein, legte das Messer auf den Boden und machte sich daran, den Rest in die Tonne zu werfen. Und er musste auch nur noch einen Müllsack geschickt platzieren.

Er wollte sich danach bücken, als er ein Atmen hinter sich wahrnahm. Aus den Augenwinkeln sah er eine schnelle Bewegung. Dann traf ihn ein stechender Schmerz rechts am Hals. Kein Schrei verließ seinen Mund, als er hinfiel. Die alte Frau stand über ihm. Das Messer, das sie vom Boden aufgehoben hatte, noch in der Hand. So oft in seinem Leben hätte er nichts dagegen gehabt zu sterben. Es als eine Art Erlösung angesehen. Doch in diesen Sekunden fühlte er zum ersten Mal, wie sehr er leben wollte.

Er zitterte und ein jämmerliches Weinen wuchs in

seinem Bauch. Er hörte den Wind, die Musik aus einem der geöffneten Fenster und seinen besten Freund, wie der panisch nach Hilfe schrie. Sein Körper fing an zu zucken. Er spürte, wie das Blut aus seinem Hals sprudelte und er sah das Gesicht der Frau über sich. Mit einem Ausdruck von tiefer Güte schaute sie auf ihn hinab.

## SONGWRITER

Die schmutzige, kleine Bar ist ungefähr zur Hälfte gefüllt. Man kann sich drüber streiten, ob es mehr nach Schweiß oder mehr nach billigem Fusel stinkt. Aber der Rauch von vielen Zigaretten macht es angenehmer. Beinahe gemütlich.

Die Bühne hinten schräg links von der Theke ist keine Bühne, sondern bloß ein kleiner Bereich von zwei Metern Breite, ohne richtigen Platz nach hinten. Aber es reicht für einen Typ auf einem Stuhl mit einer Gitarre bewaffnet. Er steht an der Theke, kippt noch schnell die zwei Schnäpse runter, die vor ihm stehen, und geht entspannt mit einer Bierflasche in der einen und seiner Gitarre in der anderen Hand zur Bühne.

Er hört Sprüche wie: "Was will der denn?" - "Geh nach Hause, Scheiß-Hippie".

Die Stammkundschaft ist also bei bester Laune. Es ist auch ein großer Fehler, dass er viel jünger aussieht, als er ist, und dann noch ein weißes T-Shirt mit Mickey Mouse drauf trägt zur zerrissenen Jeans, und heut auch noch barfuß ist, weil er, als er vor einigen Stunden aufgestanden ist, seine Stiefel nicht finden konnte. Nur der Cowboy-Hut auf seinem Kopf gibt dem Publikum ein kleines bisschen von dem, was es erwartet. Einem Publikum, das normale Country-Musik hören will. Die Art von Country-Musik, die er nicht mit der Kneifzange anfassen würde. Singen schon gar nicht.

Er setzt sich auf den Stuhl, sagt nichts zur Begrüßung und fängt an zu spielen und zu singen.

Das leise Gequatsche, Gehuste und Geklirre macht ihm nichts aus, und die meisten Leute sind angenehm überrascht von dem, was dieser "Penner" da spielt. Einige buhen und pöbeln weiter.

Nach drei Liedern hört er kurz auf zu spielen und sagt: "Den nächsten Song hab ich für ein Mädchen geschrieben, das mir vor Kurzem übel mitgespielt hat. Aber was erzähl ich euch das. So wie ihr ausseht, wisst ihr ja, wie das Leben läuft." "Quatsch nicht und sing!", ruft einer der Besoffenen. Er lässt sich nicht aus der Ruhe bringen und redet weiter: "Aber damit sich die Gute, falls sie Wind davon kriegt, nicht zu viel drauf einbildet - eigentlich handelt das Lied von 'nem Soldaten, der ein Mädchen vergewaltigt und daran kaputtgeht." Er schlägt die Saiten an und unterbricht sich dann gleich nochmal: "Damit ihr Bescheid wisst, ist die ganze Zeit nur ein Akkord. Falls ihr euch langweilt, dann trinkt einfach mehr. Den Wirt freut's." Er drischt mit voller Kraft auf seine Gitarre ein.

In der Kaschemme ist es auf einmal totenstill. Dann fängt er zu singen an. Mit einer Stimme, die aus einer anderen Welt zu kommen scheint. Viele im Publikum zweifeln anfangs, ob das wirklich seine eigene Stimme ist. Aber diese Stimme gehört ihm. Sie ist das Einzige, was ihm wirklich gehört. Sogar mehr noch als die Worte, die er geschrieben hat und heut Abend singt.

Nach dreieinhalb Minuten verklingt der letzte Ton und es bleibt ganz still. Dreißig unfassbar lange Sekunden. Dann sagt er ruhig: "Weiß nicht genau, um was es im nächsten Lied geht. Vielleicht um Jesus als kleines

Kind. Scheiß drauf, was weiß ich denn."

Er spielt das Lied und danach noch fünf weitere. Und das Publikum bleibt ruhig, aber jetzt auf eine angenehmere, fast freundschaftliche Art. Während er singt, denkt er an die Menschen, die ihn lieben und an die Menschen, die er liebt. An die, die es verdienen und an die, die es nicht verdienen. Je älter er wird, desto mehr denkt er an die erste Gruppe, was ihm aber nicht bewusst ist. Er fragt sich, wo er wohl seine Stiefel verloren hat. Denkt an die zwei Mädchen letzte Woche, die ihn behandelt haben, als wär er Elvis oder sowas und daran, wie er besoffen die Treppe runtergefallen ist und die Platzwunde am Kopf ihn kein bisschen interessiert hat, weil er nur Angst um seine Hände hatte und an die vielen Bars, in denen er aufgetreten ist und die noch schmutziger und kleiner waren als die hier.

Zwischendurch macht er lustige bis blöde Ansagen und keiner ruft mehr, dass er die Fresse halten soll. Direkt am Ende vom letzten Lied scheppert es laut hinter der Theke. Einer hat was fallen lassen. Er sagt grinsend: "Soll ich euch irgendwie helfen oder kommt ihr allein zurecht?" Die Leute lachen und johlen. "Hey, ist schon okay, dass du zittrig bist, mein Freund. Ich zittere mein ganzes Leben. Zeig ich aber keinem."

Dann verabschiedet er sich von seinem Publikum, geht von der Bühne, wieder direkt an die Theke. Er wird auf einen Drink nach dem anderen eingeladen. Ein fetter Typ sagt ihm, er habe eine Kneipe einen Ort weiter. Da könnte er gern auftreten nächste Woche. Eine Frau Anfang vierzig baggert ihn an. Er ist nett zu ihr, will aber nicht. Stundenlang sitzt er da und trinkt. Mal ist er ganz still, mal redet er ohne Unterbrechung und macht Quatsch. Die Leute drum herum akzeptieren das. Einem großen, schweren Typen, der neben ihm an der Theke steht, leckt er sogar kurz lachend über die Wange. Der Typ haut ihm nicht aufs Maul, sondern grinst sogar. Es ist ungefähr so wie bei den Indianern, wo Verrückte als unantastbar angesehen wurden. Sowas wie heilig.

Irgendwann ist die Bar fast leer. Er sitzt noch da. Er betrachtet die Glut seiner Zigarette, kritzelt irgendwas auf einen abgerissenen Zettel, trinkt weiter - man kann sich drüber streiten, ob er dabei lacht oder weint - schaut nach unten und fragt sich, ob er beim Auftritt vorhin seine Stiefel noch anhatte.

## PRIVATDETEKTIV

Mit lebensgefährlicher Geschwindigkeit raste er die Serpentinen hinab, die zu dem Haus am Strand führten. Eine Kurve folgte der nächsten, aber er trieb den Motor seines alten Wagens weiter an. Der schwarze Anzug klebte an seinem Körper, und obwohl der Fahrtwind eiskalt war, schwitzte er immer schlimmer. Dabei war er doch ein cooler Hund. Immer gewesen. Nicht aus der Ruhe zu bringen. Wie gemacht für seinen Beruf, den er liebte. Aber seitdem er sie vor knapp zwei Monaten getroffen hatte, ging es bergab mit seinen Prinzipien. Eine Saat, die Glück oder Schwäche versprach, wuchs in ihm und er konnte es nicht ändern.

Egal, wie sehr er sich auch sagte, dass nichts und niemand ihn berühren könne. Und die Tatsache, dass er vor mehreren Stunden drei Männer erschossen hatte, machte es nicht gerade einfacher, in diesem Chaos zurechtzukommen. Während er weiter Kurve um Kurve nahm und ein paar Mal fast gegen die notdürftige Seitenabsperrung prallte, dachte er daran, was in den vergangenen Stunden passiert war.

Den Morgen hatte er in einem stinkigen Verhörzimmer bei der Polizei verbracht. Die Bullen waren alte Bekannte, die ihn schon ewig linken wollten. Aber dafür war er zu clever.

"Wo ist deine Klientin, Penner?"

"Wo ist dein Partner?"

"Mach dein Maul auf, du lächerlicher Schnüffler!", bellten sie immer wieder.

"Mann, ihr solltet eure Mäuler aber lieber zumachen, sonst kommen mir noch die Tränen. Sagt mal, gurgeln denn wirklich alle Polizisten morgens mit Pisse?"

"Dir sollten wirklich die Tränen kommen, so tief unten, wie du bist!"

"Und diesmal kommst du da nicht wieder raus!"

"Wir wissen alles!"

"Mag sein, dass ich tief unten bin, aber ihr Genies müsst euch schon gegenseitig auf die Schultern steigen, um mir die Schnürsenkel aufzufummeln. Und jetzt sagt mir mal, was ihr denn alles wisst."

"Wir wissen, dass diese reiche Schlampe ihren Mann umgebracht hat."

"Und du hast ihr geholfen, es zu vertuschen!"

"Dann ist dein Partner dahinter gekommen. Er wollte euch erpressen und da hast du ihn umgelegt!"

"Noch nie so 'ne spannende Geschichte gehört. Habt ihr auch sowas wie Beweise?"

"Na, komm schon, Kleiner. Du bist doch ganz aus dem Häuschen, seitdem du der mal an die Fotze fassen durftest."

"Stimmt's etwa nicht?"

"Lass mich mal an deinen Fingern riechen. Die stinken bestimmt immer noch nach der Hure!"

"Dann erschrick aber nicht. Meine linke Hand riecht nach deiner Mama. Die Rechte nach dem Arsch von deinem Vater. Widerlich, habt ihr Seife da?"

Das war dem einen Bullen zu viel.

"Du Stück Scheiße!"

Der Schlag ins Gesicht war ziemlich hart, aber er lachte nur, während der andere Freund und Helfer dazwischen ging und sich bemühte, seinen Kollegen zu beruhigen. Dann zündete er sich auch endlich eine an, stand auf und sagte: "Hört mal. Ist ja immer wieder ein Vergnügen mit euch Pingpong zu spielen, aber langsam langweile ich mir den Arsch ab. Wenn ihr mich verhaften könnt, dann tut das endlich. Wenn ihr aber nicht mehr habt, als den Mist, den ich mir seit einer Stunde anhören muss, dann bohrt euch von mir aus mit euren Bleistiften gegenseitig ein Loch ins Knie, massiert euch die Füße, oder schlagt mir zum Abschied nochmal in die Fresse. Da scheiß ich drauf. Auf jeden Fall gehe ich jetzt."

Beim Rausgehen hörte er den einen Bullen fluchen und den anderen sagen: "Verdammt, beruhige dich. Der Scheißkerl hat recht. Er kann gehen."

Danach fuhr er direkt zu seiner Wohnung. Im Fahrstuhl freute er sich schon auf ein Glas Whisky. "Nen Drink, dann schnell was zusammenpacken und dann wieder ins Auto und los zu ihr", dachte er und merkte erst als er schon dabei war, die Flasche zu öffnen, dass er nicht allein in seiner Wohnung war.

Ein baumlanger Typ stand hinter der Tür. Ein zweites Galgengesicht kam mit einer Knarre in der Hand aus der Küche. Er kannte die beiden. Fehlte nur noch ihr Boss. Jemand sagte mit weichlicher Stimme: "Hallo, du böser Junge." Das war der Boss. Gemütlich auf dem Sofa sitzend. Leider gleich neben dem kleinen Tisch, auf dem das Telefon stand und daneben der Zettel, auf dem die Nummer des Hotels stand, in dem sie auf ihn wartete. Warum hatte er den Zettel nicht versteckt oder weggeworfen? Warum war er nochmal in seine Wohnung gefahren? Verdammt! Doch jetzt war es nicht mehr zu ändern. "Wo ist sie, böser Junge? Wo ist deine Herzdame?" "Ich hab keine Ahnung. Hören sie, ich war den ganzen Morgen bei den Bullen. Die haben mich das auch immer wieder gefragt und denen konnte ich auch nichts sagen." Er versuchte, vollkommen cool zu bleiben und schenkte sich einen ein. Wenn nur der verfluchte Zettel nicht wär.

"Das sehe ich. Nur ist die aufgeplatzte Augenbraue, die die Bullen dir verpasst haben, nur ein dürftiger Vorgeschmack auf das, was die beiden Herren zu deiner Linken und Rechten mit dir tun werden, wenn du nicht meine Fragen zu meiner Zufriedenheit beantwortest."

Da packten die zwei Schläger ihn auch schon. Der große hielt ihn von hinten fest, der andere begann sein Gesicht zu bearbeiten. Drückte mit seinen Fingern gegen Schläfen, Wangen, Augen. Überall, wo es besonders schmerzhaft war. Das Galgengesicht verstand sein Handwerk. "Schrecklich, wie du schreist, mein Schöner. Aber du weißt, dass du es selber bist, der dich quält. Also. Wo ist sie?"

"Weißt du was? Am meisten quält mich dein Gequatsche und der Gestank von deinem Parfüm!" Er wusste, dass es ein Fehler war, das zu sagen. Aber die kaum zu ertragenden Schmerzen hatten ihn dazu getrieben.

Der Boss sprang auf und schrie völlig außer sich: "So eine Ungezogenheit! Du bist so roh, du böser, böser

Junge! Freundlich und geduldig bin ich zu dir gewesen! Wird denn jede Güte sofort bestraft in dieser Welt?! Drück ihm seine Augen in den frechen Schädel!"

Während der Typ mit den magischen Fingern dabei war, den Wunsch seines Chefs zu erfüllen, setzte sich der nun wieder gelangweilt hin. Keine Möglichkeit sich loszureißen. Bald würde er ohnmächtig werden vor Schmerz. Die Augäpfel hielten noch stand. "Halt! Hört auf, Jungs!" Der Boss hatte den Zettel entdeckt. Er bat um Ruhe, wählte die Nummer und lächelte, als sich die Rezeption meldete. Dann hängte er wieder ein, gab seinen Männern ein Zeichen, worauf sie ihr Opfer - nach zwei Schlägen in den Magen - losließen. Wortlos gingen sie aus der Tür Richtung Fahrstuhl.

Er lag am Boden und wusste nicht, ob er sich freuen sollte, dass er seine Augen noch hatte. Er musste etwas tun und es gab nur eine Chance. Vergiss deine Schmerzen, steh auf, nimm deinen Revolver aus der Schublade und renn.

Er wusste, dass der Fahrstuhl manchmal auf dem Weg nach unten für eine halbe Minute stehen blieb und erst dann seine Fahrt fortsetzte. So oft hatte er darüber geflucht. Jetzt betete er dafür, während er mit der Waffe in der Hand aus der Wohnung lief. Er stürzte die Treppenstufen nur so hinunter. Wie von alleine bewegten sich seine Beine. Der Gott der Fahrstühle hatte ihn erhört. Sein Herz schlug ihm bis hoch in die Nebenhöhlen, aber er war rechtzeitig unten. In ein paar Sekunden würde sich die Fahrstuhltür öffnen. Er kniete sich hin. Spannte den Hahn. Zielte auf die Tür. Der Fahrstuhl machte ein Geräusch. Schon als die Tür erst halb geöffnet war, schoss er. Niemand hätte daneben schießen können, so klein wie das Ding war. Der Boss und seine Jungs lagen übereinander auf dem blutigen Metallboden. Das tote Gesicht vom Boss schien überrascht und vorwurfsvoll. Nichts wie weg.

Im Hotel angekommen, sagte ihm der dicke Mann an der Rezeption, dass die Dame, nach der er sich erkundigte, schon gestern Morgen abgereist sei. Er wisse nicht genau, wohin, aber sie habe mit ihrem Wagen die Straße zur Küste genommen.

Er setzte sich wieder in seine alte Karre und fuhr los. Warum hatte sie nicht auf ihn gewartet? Vielleicht, weil sie ahnte, dass sie in dem Hotel nicht mehr sicher war. Cleveres Mädchen. Aber wie sollte er sie jetzt finden? Jede Tankstelle, jedes Hotel, jede Bruchbude, die an der Küstenstraße lag, wurden von ihm angefahren. Doch niemand hatte eine so schöne Frau gesehen.

Erst als er schon glaubte, dass es aussichtslos war, erinnerte sich eine alte Frau in einer kleinen Absteige an sie. "Ja, die Frau hat hier eine Nacht verbracht und morgens wurde sie dann von einem Mann abgeholt." Die Alte erzählte weiter, dass die beiden zusammen gefrühstückt hätten und dann in getrennten Wagen hintereinander her gefahren wären. Vorher hatten sie sich noch erkundigt, wie man zu einem abgelegenen Haus am Strand käme. Die Alte hatte ihnen den Weg erklärt und ihm jetzt auch.

Die Serpentinen schienen kein Ende zu nehmen und er fragte sich schon, ob die Wirtin der Absteige ihn geradewegs in die Hölle geschickt hatte. Doch das war ihm egal. Denn sie war da in diesem Haus mit irgendeinem Mann. Da war einfach zu viel, was er nicht wusste.

Er glaubte nicht daran, dass sie wirklich ihren Mann ermordet hatte, aber konnte er sicher sein? Und wo war sein Partner? Dieser aalglatte Schmierlappen, mit dem er sich nur das Büro teilte, weil der vor Jahren das Startkapital für ihr kleines Unternehmen geliefert hatte. Und als er das Haus am Strand endlich sah, nachdem er einige Male fast am Steuer eingeschlafen war, wusste er, wo dieser Hurensohn war.

Er kam gerade aus dem Haus und ging die paar Meter runter zum Strand. Zum Glück hatte er nicht das Auto seines guten, alten Partners bemerkt, das bis auf die Motorhaube von einer Düne verdeckt war. "Ich verdammter Idiot", schnaufte er und blieb noch einen Moment in seinem Wagen sitzen. Ihm wurde ganz kalt. Das Schwitzen endete. Dann stieg er aus und ging ebenfalls Richtung Strand.

Ihre wunderschönen blonden Haare wehten so erhaben im Wind des Meeres, als er sie sah. So, als wären sie dafür gemacht. Doch ihre Lippen waren dafür gemacht, ihn zu küssen und nicht seinen dreckigen Partner, der sie gerade umarmte. Die beiden sahen ihn nicht. Ihre Blicke waren aufs Meer gerichtet. Als er nur noch etwa fünf Meter von ihnen entfernt war, lösten sie sich wieder voneinander und sein Partner drehte sich um.

Er hatte noch nie zuvor jemanden so schnell kreidebleich werden sehen. Er schoss, bevor der Schweinehund etwas sagen konnte. Er hatte dessen dummes Gequatsche sowieso immer gehasst. "Oh, Gott! Du hast es geschafft! Er hat mich gezwungen, dieser Dreckskerl! Bin so froh, dass du da bist!", schrie sie und viele Tränen liefen über ihr schönes Gesicht.

Der Wind peitschte, ihm wurde immer kälter. Ihre Tränen schmeckten nach Lüge, aber ihr Mund schien immer noch all die Versprechen zu halten, die sie ihm gegeben hatte.

Und dann, wie so oft, seitdem er sie das erste Mal gesehen hatte, tat er etwas Unvernünftiges. Denn er musste genau wissen, ob wirklich alles Lüge war, oder ob irgendetwas in ihr doch die Wahrheit sagte. Er musste es wissen, selbst wenn es ihn das Leben kosten sollte. Langsam kehrte er ihr den Rücken zu und ging näher zum Meer. Nach ein paar Sekunden hörte er ein Knallen, fast leise im Wind. Erst dann spürte er die Kugel, die sich schnell und unbarmherzig in seinen Rücken bohrte.

"Hat sie doch tatsächlich den kleinen Colt aus ihrer Handtasche gezogen", dachte er beinahe teilnahmslos, während er zusammenbrach. Ohne ihn noch einmal anzusehen, ging sie schnell in Richtung Strandhaus. Sie hatte schon fast den sandigen Boden verlassen, als ihr Brustkorb von einem Schuss in den Rücken, der vorne wieder austrat, explodierte. Er hatte sie erwischt, obwohl er noch nie im Liegen geschossen hatte. Er rollte sich mühsam auf den Rücken und versuchte nachzudenken. Schnell begriff er, dass er nicht in der Lage war, alle Erklärungen zu finden, die man benötigte, um diesen Fall vollständig zu durchschauen. Aber eine gute Story für die Bullen würde er schon zusammenkriegen.

Langsam aufstehen, sich ins Auto setzen, irgendwo ein kaltes Bier, eine Zigarette und dann in die Stadt zur Polizei. Nur noch kurz wollte er liegen bleiben im weichen Sand. Nur zwei, drei Minuten und dann würde er aufstehen. Er spürte, wie das Wasser seinen Körper umspülte und dann, wie ihm was Nasses in die Augen kam. Schlimmes Gefühl, der Frau, die man liebt, in den Rücken zu schießen.

Aber dann musste er plötzlich lachen. "Komisches Gefühl, wie sich der Anzug langsam mit Wasser vollsaugt", dachte er.

## DIE BESTRAFUNG

"Ich habe wirklich nur ihre Wange geküsst, Sir", weinte Willy mit krampfhaft gefalteten Händen. Die beiden kräftigen Männer links und rechts von ihm packten ihn, lösten die hilflose Umklammerung und banden ihn an den großen Baum, der für die Bestrafung vorgesehen war. "Nur ihre Wange? Warte, du dreckiger Nigger!", schrie Big Dan mit Schaum vor dem Mund.

Die anderen Männer standen im Halbkreis und schauten zu. Sie alle wussten, was nun passieren würde. Schon oft mussten sie mit ansehen, wie Big Dan, der große Mann, der ihr Arbeitgeber war, jemanden eigenhändig auspeitsche. Es war ihre Pflicht zuzuschauen. Niemand durfte gehen wenn er es nicht mehr aushalten konnte.

Vor einem Jahr hatte sich ein strohblonder Bursche übergeben und hatte seine Augen abgewandt, als Big Dan einen seiner Sklaven, der gestohlen hatte, in rasender Wut bestrafte. Am nächsten Tag hatte Big Dan dem Burschen den Lohn, den er ihm noch schuldig war, vor die Füße geworfen. "Verschwinde. Wenn ich dich hier noch einmal sehe, erschieße ich dich." Das war alles, was er sagte. Und die Männer vergaßen das nie.

Doch dieses Mal war anders als die vielen Male zuvor. Der schwarze Junge, dessen Hemd bereits heruntergerissen war und der weinend die unzähligen Peitschenhiebe erwartete, war erst vierzehn Jahre alt. Big Dan's riesiger Hund bellte und fletschte gierig die Zähne. Wie tollwütig versuchte er sich loszureißen. Wenn er nicht an einem Pfahl angeleint gewesen wäre, hätte er den kleinen Willy in Stücke gerissen. Doch diese Arbeit wollte sein Herr allein erledigen. Seine Wut war so groß wie noch nie. Und er würde so lange zuschlagen, bis kein Fetzen schwarzer Haut mehr auf dem Rücken des Jungen zu erkennen wäre. Gern hätte Big Dan ihn geviertelt. Ihm die Augen ausgebrannt. Die Weichteile abgeschnitten. Aber das kam nicht in Frage.

Schließlich war Big Dan kein Barbar. Er hatte sich alles selbst erarbeitet und war ein kultivierter Mann geworden. Es standen viele hundert Bücher, die er selbst nie gelesen hatte, in seiner Bibliothek. Die Einrichtung war so edel, dass sie auch reiche Damen und Herren aus der Großstadt zufrieden gestellt hätte. Das Haus selbst war imposant hoch und warf einen bedrohlichen Schatten auf sein Land und den von ihm selbst angelegten See links daneben.

Und an dem See hatten sich Willy und Sue seit einigen Wochen immer öfter getroffen. Zwei Kinder, die sich mochten und langsam annäherten. Erst in zwei oder drei Jahren hätten die beiden verstanden, was das, was sie fühlten, vielleicht bedeutete. So unschuldig. Genauso wie der Kuss auf Sue's Wange. Doch Big Dan hatte es gesehen. Und Sue war seine Tochter.

Schreiend stürzte er runter zum See. Zwei seiner Männer folgten ihm. Ängstlich lief Willy davon. Aber die Männer erwischten ihn schnell, während Sue weinte, als sie das Gesicht ihres Vaters sah. "Bitte, tu ihm nichts! Bitte, Daddy!"

Sie strampelte und schrie, als sie von den zwei schwarzen Frauen, die sie seit ihrer frühesten Kindheit umsorgten, zurück ins Haus getragen wurde. Ihre Mutter war gestorben, als sie neun Jahre alt gewesen war. Vier Jahre war es her. Big Dan liebte seine Frau so sehr, wie ein Mann wie er überhaupt lieben konnte. Er litt, als sie starb, aber oft kam es ihm so vor, als wär der Tod seiner schönen Frau der Preis dafür gewesen, eine solche Tochter haben zu dürfen. Sie war alles für ihn. Rein und heilig. Und ein Nigger hatte sie geküsst.

Die ersten Peitschenhiebe trafen Willy's Rücken und der Junge schrie auf eine Weise, die die Männer kaum ertrugen. "So hat noch keiner geschrien, bei Gott. Hab das schon oft gesehen, aber so noch keiner", flüsterte der alte Fred vor sich hin. Charley stand neben ihm und versuchte an etwas anderes zu denken. Während er Big Dan immer wieder ausholen und zuschlagen sah, war ihm wieder klar, dass er Recht hatte.

Männer, die zu großem Reichtum gekommen waren, mussten böse Menschen sein. Das war seine Überzeugung. Sicher, wenn einer besonders gut singen oder boxen konnte, war es etwas anderes. Oder wenn einer in der Lotterie gewann. Ja, vielleicht war sogar von diesen Typen, die geerbt hatten und die er so hasste, einer von zehn ein guter Kerl, der eben einfach Glück gehabt hatte. Aber Männer wie Big Dan hatten sich aus der Armut nach oben gekämpft, gefoltert, gemordet. In ihnen war eine Rücksichtslosigkeit, wie Charley sie niemals haben würde. Und das war auch der einzige Grund, warum er ewig ein Hilfsarbeiter sein würde. Das wusste er genau.

Das Schreien wurde immer schlimmer. Aber nach zwanzig Hieben hatte Willy keine Kraft mehr zu schreien. Er wimmerte nur noch. Nach dreißig Schlägen gab er keinen Laut mehr von sich. Nur das Geräusch einer Peitsche, die rohes Fleisch traf, war noch zu hören. Der Rücken des Jungen war so tief rot wie die unbarmherzige Sonne, die bald untergehen und dann die Seele dieses halben Kindes mit sich nehmen würde.

"Das ist nicht christlich", flüsterte der alte Fred. Beinah hätte Charley losgelacht, als er das hörte. Aber er mochte Fred sehr.

Big Dan schlug noch weitere zehnmal zu. Dann hörte er endlich auf. Er ließ die Peitsche fallen, zitterte voller Hass, atmete tief durch und sagte laut: "So, Männer! Reitet jetzt runter nach Green Oaks. Trinkt so viel ihr wollt und fickt euch leer. Geht alles auf mich."

Zögerlich setzten sich die Männer in Bewegung und stiegen auf ihre Pferde. Big Dan und seine beiden Vorarbeiter ritten Richtung Ranch und Fred folgte ihnen, während Charley und der Rest den Weg runter in den Ort nahmen. Alle schwiegen. Aber Charley wusste, dass sich das bald wieder ändern würde. Wenn sie erst in dem großen Hurenhaus mit dem langen Tresen wären. So war es immer. Und auch diesmal war es so.

Sie fingen wieder an zu reden, lachten und tranken. Die Huren saßen auf der Treppe nach oben und warteten auf gute Geschäfte. Aber erstmal wurde nur getrunken. Charley und die anderen hatten sich schon schwer einen angesoffen, als jemand ruckartig die Tür aufriss und in das verräucherte Bordell stürmte.

Es war der alte Fred. Er war bleich wie der Tod und stand einfach nur da. Auf einmal war es wieder ganz still. Dann ging er langsam zum Tresen und hielt sich mit seinen abgearbeiteten Händen daran fest. Charly stand auf, ging zu ihm. "Was ist passiert, Fred?", fragte er. Die anderen Männer scharten sich um sie und erst dann fing der Alte an zu sprechen.

Er erzählte von einem lauten Weinen, das sie hörten, als sie die Ranch fast erreicht hatten. Big Dan begann sofort schneller zu reiten. Die Vorarbeiter und Fred folgten ihm.
Die beiden schwarzen Frauen waren nass bis auf die Knochen und standen weinend vor dem mächtigen Haus. Eine fiel auf die Knie, als sie Big Dan sah. Sie vergrub ihre Hände in ihren Haaren und es sah aus, als wolle sie sich jedes einzelne aus der Kopfhaut reißen. Big Dan stieg vom Pferd, packte das andere Kindermädchen. Es dauerte, bis er aus ihrem Weinen heraushörte, was geschehen war. Sein linkes Auge driftete auf eine seltsame Art nach oben. Dann machte er eine verwaschene Bewegung, als er, ohne ein Wort zu sagen, die Stufen zu seiner prächtigen Veranda hinaufstieg. Kraftlos ließ er sich in seinen Schaukelstuhl fallen.

"Er hat sich danach nicht mehr bewegt. Ich schwör's euch. So sitzt er da, seitdem er erfahren hat, dass sich sein kleines Mädchen ertränkt hat", sagte Fred ganz leise. Charley und die anderen Männer schwiegen. Einige der Huren weinten. "Das Kind hat gewusst, was er

Willy antun würde. Bei Gott ... Big Dan ist der Teufel!", schrie der Alte, bevor er verstummte.

Dann plötzlich eine laute Stimme: "Ja, Big Dan ist der Teufel! Aber der Teufel bezahlt den Abend hier und ich will verdammt sein, wenn ich jetzt nicht trinke bis ich nicht mehr kann und dann mit vier Huren gleichzeitig aufs Zimmer gehe!" Der riesige, rotbärtige Kerl arbeitete noch nicht lange für Big Dan und hatte bislang nie viel geredet. Aber jetzt wurde er wild. Er griff sich eine volle Flasche und stolperte lachend zu den Huren. "Worauf wartet ihr, verdammt!"

Das Feuer griff um sich. Alle schrien, lachten, tranken, liefen zur Treppe. Auch Charley. "Soll doch alles vor die Hunde gehn...", dachte er. Nur Fred stand immer noch am Tresen. Sein Gesicht in seinen Händen.

Es war ein übles Gedränge auf der Treppe. Einige fielen besoffen hin. Flaschen gingen zu Bruch. Als sie in einem der Zimmer waren, zogen sich Charley und die Hure sofort aus und sie küssten sich sogar. Aber es ging einfach nicht. Ganz egal, was die Hure auch tat oder wie sehr er sich auch bemühte, an das einzige Mädchen zu denken, dass er je wirklich begehrt hatte und das ihm dieser schlaue Jimmie Webster damals schon nach zwei Wochen ausgespannt hatte. Manchmal fragte sich Charley, ob es weniger schlimm gewesen wäre, wenn er sie damals wenigstens einmal im Bett gehabt hätte. Aber es war zehn Jahre her und sinnlos. Alles sinnlos.

Er schob die nackte Frau weg und nahm einen langen Schluck aus der Whiskyflasche, die er mit rauf genommen hatte. Dann zog er sich wieder an. Er war bei ihr schon oft gewesen und er mochte sie. Und manchmal glaubte er, sie ihn auch. Deshalb schämte er sich nicht zu sehr.

Es wurde langsam Tag, als die Männer völlig zerstört zurück zur Ranch ritten. Wieder sprach keiner von ihnen. Einige kotzten von ihren Pferden herunter. Fred ritt voraus. Charley dachte an Big Dan's Tochter. Nie zuvor hatte er Fred weinen sehen. Ja, es gab wohl keinen Menschen, der dieses freundliche, schöne Mädchen nicht gemocht hatte. Sie war immer so lebensfroh. Niemand hätte gedacht, dass sie so etwas tun könnte. Ins Wasser gehen.

Schon von weitem sahen die Männer Big Dan auf der Veranda sitzen. Immer noch genauso wie Fred es beschrieben hatte. Bei den Stallungen angekommen, stiegen sie ab, nahmen die Sättel von ihren Pferden und dann ging jeder wortlos seiner Arbeit nach. Keiner wagte zu Big Dan hinüber zu sehen. Nur Charley.

Er konnte gar nicht aufhören hinzuschauen. "Der bewegt doch seinen Mund. Der ... der redet doch", sagte Charley halblaut zu sich selbst.

Er versuchte, sich an die Arbeit zu machen. Aber es zog ihn zu der Veranda. Immer noch war er sich sicher, dass Big Dan seinen Mund bewegte. Langsam ging er auf ihn zu. Er konnte einfach nicht anders. Noch nie hatte er sich getraut, die Veranda zu betreten. Aber jetzt tat er es. Das Monster von einem Hund lag leise winselnd zu den Füßen seines Herrn. Einen Moment zögerte Charley. Dann beugte er sich nach unten, um zu hören, was der gefürchtete Mann mit den jetzt so leeren Augen sagte.

"Wegen einem Nigger ... ", fiel unaufhörlich aus seinem schiefen Maul.

## TÄNZERIN

Sie stand vor dem verschmierten Waschbecken in diesem miesen Klo, das so groß wie ein Sarg war - nur hatte man ihn senkrecht hingestellt. Sie brachte ihre Bluse und ihren Rock wieder in Ordnung. Alles zerknittert und Flecken mussten weggerieben werden. Seife, Spucke, nichts half, sodass sie dann, wie so oft, den Rock einfach ganz nass machte, damit sie wenigstens nach Hause kam, ohne dass jemand im Bus etwas merkte. Zum Glück trug sie immer schwarz und die Fahrt war nicht lang genug zum Trocknen.

Es stank so widerlich nach Scheiße und Angstschweiß in diesem verdammten Klo, dass sie so hasste. Schon zu oft hatte sie da gestanden. Seit bald einem Jahr jeden Montag, nachdem sie mit dem Besitzer des Clubs, in dem sie tanzte, das sogenannte Wochen-Gespräch hatte.

Am Anfang dachte sie wirklich, dass es dabei um geschäftliche Dinge gehen würde. Was hatte sie gut gemacht und was nicht. Wie könnte das nächste Programm aussehen, war sie zufrieden mit ihrem Job oder was könnte verbessert werden.

Sie kam sich nach dem ersten dieser Gespräche so dämlich vor. Sie hätte es besser wissen sollen, dachte sie, als sie in den Spiegel dieses verdammten Klos schaute, und es ihr so vorkam, als würde ihr ganzes Gesicht nur noch aus verschmiertem Lippenstift bestehen. Und so ging es ihr jetzt auch wieder.

Sie nahm die brennende Zigarette, die sie auf dem Rand des Waschbeckens abgelegt hatte, und nahm einen gierigen Zug. Die Klamotten waren wieder einigermaßen in Ordnung. Jetzt kam ihr Gesicht, ihre Haare an die Reihe. Mittlerweile dauerte es gar nicht mehr lange, bis sie sich hergerichtet hatte. Denn die Handgriffe wurden immer routinierter und kein lästiges Weinen hielt sie mehr auf.

Sie wusste, bald würde sie wieder gut aussehen. Nur ein paar Minuten und jeder Mann würde wieder geil nach ihr sein.

So wie dieser Haufen Besoffener und Verzweifelter, für den sie viermal die Woche tanzen musste. Der Club war kein guter und die Besucher waren dementsprechend. Einige grapschten nach ihr, während sie tanzte. Schrien beleidigende Sachen, oder kotzten sturzbetrunken auf die Bretter, die ihre Welt bedeuteten.

Eine Bühne war ihr heilig. Egal, wo sie stand und wer oder was ihr Publikum war. Und diese stinkenden Männer waren ihr Publikum. Wegen ihr und den anderen Mädchen waren sie gekommen. Und jeder dieser Kerle sehnte sich nach Liebe. Auch wenn ihr dieser Gedanke meist selbst lächerlich vorkam - es stimmte. Alle sehnen sich nach Liebe. Ja, selbst dieser fette Sechzigjährige mit den ausfallenden Haaren, der ihr Chef war. Aber seine Sehnsucht, sein Wunsch nach Liebe war böse geworden. Irgendwann musste es nach Jahren voller Enttäuschungen und Einsamkeit passiert sein - in dieser Welt, wo sowieso jeder seinen Vorteil, sein sogenanntes Recht ausnützte, wann immer es ging. In einer Welt, wo jeder den anderen vergewaltigte, wenn er ohne Gefahr die Möglichkeit hatte.

Mit solchen Gedanken hielt sie sich seit einigen Wochen über Wasser, während sie sich sauber machte in diesem engen Scheiß-Klo. Manchmal tat ihr der fette Mann fast leid und sie hatte das Gefühl, sogar etwas Gutes getan zu haben. Das alles dachte sie, um zu verhindern, dass sie am nächsten Montag ein Messer mitbringen würde, um diesem bösartigen Vieh, das sie immer wieder vergewaltigte, den Hundeschwanz abzuschneiden. Ihm danach hundertmal in sein teigiges Gesicht zu stechen und sich danach selbst die Kehle durchzuschneiden.

Im Spiegelbild sah sie ihre Perlenkette, die fast echt aussah. Immer noch schön war er, ihr Hals. Und der Kopf darauf war auch fast wieder so, wie er ihr gefiel. Die Reste von Lippenstift auf ihrem Gesicht waren endlich weg. Zeit, neuen aufzutragen. Das tat ihr so gut. Zu sehen, wie sie wieder das wurde, was sie sein wollte. Und als sie damit fertig war - die Haare perfekt lagen, die Lippen so gleichmäßig und Rot - war es ihr egal, was gerade wieder passiert war.

Denn sie wusste etwas, was sonst keiner wusste. Sie wusste, dass sie nicht ewig an diesem armseligen Ort bleiben würde. Denn sie war gut. Sie wusste, was sie konnte und das war viel mehr als in diesem traurigen Club Besoffenen Titten und Arsch zu präsentieren und dabei noch so zu tun, als hätte man seinen Spaß dabei. Eine richtige Tänzerin war sie und noch lang nicht am Ende. Sie würde es schaffen. Alles, was sie sich gewünscht hatte, als sie mit dem Tanzen anfing. Es war nicht so schnell gegangen wie erwartet und die letzten

Jahre waren schlimm gewesen, aber immer noch war sie sich ganz sicher, dass sich eines Tages alle Sterne um sie versammeln würden.

Die Zigarette, die wieder auf dem Waschbeckenrand lag, war verglüht. Cool nahm sie eine neue aus ihrer Handtasche und zündete sie sich gleich an. Prüfend betrachtete sie sich dabei, zögerte kurz und ging dann selbstsicher durch die Klo-Tür.

In dem kleinen Warteraum dahinter, durch den man gehen musste, um zur Treppe nach draußen zu kommen, stand ein Mädchen, das lächelte. Die Kleine war mindestens zehn Jahre jünger als sie und hatte eine große Tasche mit ihrer Tanz-Kleidung vor sich stehen. Schnell ging sie zur Treppe und sah die Kleine dabei nicht an. Aber die Kleine sie. Das Lächeln des Mädchens erstarrte. Jede Freude wich aus ihren Augen. So erschrocken, von Kopf bis Fuß, schaute sie der Frau nach, die schon wieder verschwunden war.

"Hoffentlich werde ich nicht auch so enden", stand ihr ins Gesicht geschrieben.

## ROSEMARY

Ich kam zurück aus dem Norden, um meine kleine Rosemary wiederzusehen und ihr könnt mir glauben, es war eine Höllenfahrt. Ein langer Weg durch Regen und Schnee, doch ich kam zu spät. Die Leute da unten erzählten mir, dass meine Rosemary schon letzten Sommer gestorben war.

"Sie wurde plötzlich krank und dann ging es ganz schnell", erzählte mir der alte Henderson, bei dem sie zur Untermiete gewohnt hatte. Während er sprach, fummelte er immer wieder penetrant zwischen seinen rostbraunen Zähnen herum. Das hatte er immer schon getan und wie früher, wenn ich mit Rosemary bei ihm in seiner Küche saß, er gar nicht mehr aufhörte zu erzählen und wir nur darauf warteten, endlich nach oben gehen zu können, war ich beeindruckt, wie viele Essensreste der schmächtige, sehnige, alte Mann aus seinem Mund herausholte. Den Modder schmierte er sich dann meistens an sein Hosenbein. Seine Frau, die schweigend daneben saß, seufzte dann meist vorwurfsvoll und ihr Mann antwortete mit einem entschuldigenden Krächzen. Sie war schon, als ich sie das letzte Mal sah, sehr gebückt gegangen. Aber jetzt war es so schlimm geworden, dass ihre Beine und ihr Oberkörper fast im rechten Winkel zueinanderstanden. Übler Anblick, wie sie versuchte, an den Küchenschrank zu kommen, während ihr Mann weitererzählte: "Jeden Tag hat sie von dir gesprochen, mein Junge. Und immer schöner ist sie geworden. Ach, es ist ein Jammer. Unsere kleine Rosemary."

Da brach dem Alten plötzlich die Stimme und seine Frau, die es inzwischen geschafft hatte, an die Flasche Schnaps zu kommen, faltete ihre zitternden Hände und schaute hoch zur Decke. Dann tranken wir zwei, drei und dabei erzählte Henderson, dass auch ihr Sohn gestorben war. Beim Reparieren des Dachs war er von der Leiter gefallen. "Erst dachte der Arzt, dass noch was zu machen ist, aber ..." Wieder brach seine Stimme und seine Frau faltete die Hände. Wir tranken noch einen zum Abschied und als ich aufstand, umarmte Henderson mich. Das hatte er noch nie getan. "Kopf hoch, Jim", sagte er, als er mich wieder losließ. Ich nickte nur und ging zur Tür. "Ein böses Jahr war das", flüsterte die alte Frau, als ich rausging.

Ich stand noch einen Moment auf der Veranda und an der Luft spürte ich, dass der Frühling nicht mehr weit weg war. Der Sohn der Hendersons war so ein gutmütiger Kerl gewesen. Rosemary war für ihn wie eine kleine Schwester. Aber manchmal hatte ich das Gefühl, dass er in sie verliebt war. Er hatte seine ganzen vierzig Jahre nur bei seinen Eltern verbracht und hatte, soweit ich weiß, nie irgendein Mädchen. Und dann auch noch so ein lächerliches Ende. Vom Dach fallen.

Ich ging zu meinem Wagen, wie früher so oft, wenn ich spät nachts oder am frühen Morgen aus Rosemarys Zimmer nach draußen schlich.

Meine Eltern waren schon lange tot, aber mein Bruder wohnte, wenn sich nichts daran geändert hatte, immer noch allein in einem kleinen Haus am schmutzigen Außenrand unserer Heimatstadt. Stadt? Während ich losfuhr, musste ich fast lachen. "Ein beschissenes Dorf ist das." Die ganze Gegend war mir verhasst und ich spürte, wie richtig es war, dass ich weggegangen war. "Dieses Beten im Akkord. Dieses ständige Winseln um das bisschen Leben. Hier kann man nur beten, 'ne Ziege vergewaltigen, saufen oder sich ein Messer ins Bein rammen, damit der Schmerz nachlässt. Wie halten die das bloß aus? Ich hab's nicht ausgehalten und das, obwohl ich Rosemary hatte."

Diese Gedanken reihten sich aneinander, während ich die alten, matschigen Straßen hinunter fuhr. Mein Bruder hatte, seitdem er siebzehn war, in den Minen gearbeitet, genauso wie all die anderen bleichen Gesichter mit ihren Sorgenfalten. Verloren in Gram. Wo ich wieder hier war, wollte ich ihn wenigstens besuchen, vielleicht ein, zwei Tage bleiben und dann wieder weg. Als ich am Rand der Straße das Schild von einem Schnell-Restaurant sah, das wohl in meiner Abwesenheit aufgemacht haben musste, merkte ich auf einmal, was für einen wahnsinnigen Hunger ich hatte. Seit ich gestern Mittag erfahren hatte, dass meine kleine Rosemarie tot war, hatte ich nichts mehr gegessen. Hatte ich überhaupt nicht bemerkt, aber jetzt erwischte mich der Hunger mit voller Breitseite.

Ich hielt an, ging in den Laden, und setzte mich an den Tresen. Es war ziemlich leer. Nur drei Typen saßen an einem Tisch am anderen Ende des Restaurants und unterhielten sich ziemlich laut. Sie zogen über irgendjemanden her. Vor allem der jüngste der drei hörte gar nicht mehr auf zu quatschen: "Der ist erledigt, dieser faule Hund. Ich sag's euch, krank ist der. Sitzt immer nur vor seiner Bruchbude am Feuer. Kommt fast nie in den Ort und wenn doch, dann redet er mit keinem. Kauft nur kurz ein und dann schnell weg. Wie 'ne Ratte."

Mich hatte so ein Gequatsche noch nie interessiert und deshalb kümmerte ich mich nicht drum. Lieber freute ich mich auf die vier Spiegeleier mit Speck, die ich bei der drallen Blonden hinterm Tresen bestellt hatte. Unbeholfen zwinkerte sie mir zu, als sie mir den vollen Teller hinstellte. Verdammt, tat der Fraß gut. Und der heiße Kaffee auch. Das Gerede rechts hinter mir nahm kein Ende. "In den Minen zu arbeiten kann einen Mann fertig machen, Bob. Unterschätze das nicht", sagte einer der beiden älteren Typen. Der andere nickte. "Ach, was. Arbeiten doch viele in den Minen und benehmen sich nicht so. Der ist doch behindert. Meiner Frau ist der richtig unheimlich. Unsere Kinder lassen wir nicht da im Wald spielen, wo dieser Van Miller haust."

Ich hatte gerade meinen Teller leergemacht, als plötzlich der Name fiel. Ich trank den letzten Schluck Kaffee und begriff, dass sie über meinen Bruder sprachen.

"Der Van war immer schon ein Eigenbrötler und sprach wenig, aber früher war er noch nicht so, Bob. Ich sag's dir, diese ständige Dunkelheit hat ihn kaputtgemacht", sagte der ältere aufgebracht. Der andere nickte wieder. Dann wieder der junge Scheiß-Kerl: "Vielleicht ist ihm ja auch was auf den Kopf gefallen im Bergwerk und deshalb ist er jetzt so ein scheißdämlicher Hund.

Was weiß ich, soll er sich doch aufhängen. Am besten hätten sie ihn gleich da unten lassen sollen. Einfach mit zuschütten, als die Minen geschlossen wurden."

Dieser Kerl lachte und ich stand auf. Als er endlich aufgehört hatte, selbstgefällig zu lachen, stand ich an ihrem Tisch. Die Männer schauten mich überrascht an und ich sagte: "Du mit der großen Fresse. Van Miller ist mein Bruder."

Erst schaute der Typ ganz unsicher. Die Wut muss mir aus den Augen gesprungen sein. Dann stand er auf. Großkotzig und erleichtert grinste er, als er merkte, dass er mich um einen Kopf überragte. Bevor er eine Bewegung machte, trat ich ihm zwischen die Beine. Seinen Scheiß-Schädel knallte ich dreimal hart auf den Tisch. Die Gläser fielen um, es krachte, aber die beiden Alten blieben ruhig sitzen. Jetzt lag das Großmaul unten und ich fing an, den Boden mit diesem hochmütigen Hurensohn zu wischen. An seinen Haaren schleifte ich ihn durch das Lokal, trat und schlug immer wieder zu. So lange, bis er nur noch so was wie "Bitte, hör auf" stammeln konnte. Die Blonde hinterm Tresen war blass geworden und weinte sogar vor Schreck. Unsere Mutter hatte früher schon immer gesagt, dass es ein schlimmer Anblick ist, wenn ich wütend werde. Van war immer der ruhige von uns beiden.

"Jesus! Jim Miller. Hab ihn zuerst gar nicht erkannt", sagte der eine Alte am Tisch zum anderen. Ich bezahlte schnell und als ich rausging, hörte ich noch, wie er zu seinem nickenden Freund sagte, dass ich ja schon immer etwas wild gewesen sei und dass Zugezogene, wie Bob, immer so eine große Schnauze haben müssen. Manche Dinge ändern sich nie.

Wieder in meiner alten Karre ging mir alles Mögliche durch den Kopf. Die Minen waren also geschlossen wurden. Ein Segen. Aber auf der anderen Seite wohl der Grund, dass hier alles noch verfallener, armseliger aussah als früher. Und Van? Ich gebe auf Geschwätz nicht viel, aber wie ging es ihm? War es etwa doch so schlimm, wie ich es mir so lang in dem Laden anhören musste? Jedenfalls schien er noch in dem kleinen Haus am Wald zu wohnen.

Ich fuhr, der letzte Schneematsch spritzte und da sah ich auch schon die zwei dicken Bäume, die abseits vom Rest des Waldes standen, vor denen ich schon damals immer meinen Wagen abgestellt hatte.

Ich stieg aus und ging zum Haus. Eine große Feuerstelle war da, aber sie brannte nicht. Und dann sah ich meinen Bruder. Er saß auf der windschiefen Veranda. Bewegungslos. Ruhig näherte ich mich ihm, die zwei Stufen hoch auf die Veranda ächzten.

"Hallo, Van."

Absichtlich sagte ich es völlig normal zu ihm. Er sagte nichts, stand aber auf. Ich war richtig erschrocken, als ich sah, was für ein riesiger Kerl mein Bruder war. Er kam nach Vater, ich eher nach Mutter. Vom Gemüt her war's umgekehrt. Verflucht, aber so groß hatte ich ihn nicht in Erinnerung. Noch mehr erschreckte mich aber, dass er mich so völlig abwesend anschaute.

Nach etwa zehn Sekunden streckte er seine Hand aus, um mich zu begrüßen. Wir schüttelten uns die Hände und dann deutete er auf den anderen Stuhl, der neben seinem stand.

Ich wollte nur höchstens zwei Tage bei ihm bleiben. Ich blieb aber länger. Die Wochen vergingen. Abends saßen wir immer am Feuer. Zwischen uns eine Flasche Schnaps und ein Haufen Bier. Van trank aber nicht so viel wie ich. Meistens saß er nur da und manchmal stammelte, flüsterte er irgendwas vor sich hin. Es kam mir so vor, als würde er jede Nacht singen, nur machte seine Stimme überhaupt kein Geräusch dabei. Manchmal glaubte ich etwas herauszuhören. "Dieses Land ist gefroren, seit wir geboren wurden ... wir sitzen hier und warten, Junge ... aber nicht auf den Frühling ..." Irgend sowas hörte ich, aber vielleicht war es auch nur eine alte Geschichte, eine Art Gebet, das ich vor mich hin phantasierte. Immerhin war ich maßlos betrunken. Meistens am Ende des Abends so schlimm, dass ich dankbar war, dass weit und breit kein anderes Haus stand. Sonst hätte ich bestimmt nicht das richtige gefunden, auf allen Vieren kriechend.

Warum blieb ich bei ihm? Vielleicht, weil es mir völlig egal war, wie und wo ich meine Zeit verschwendete. Vielleicht aber auch, weil ich mich mit ihm nicht so höllisch einsam fühlte. Als ich an einem Mittag im Ort war, um das Nötigste für uns einzukaufen, merkte ich, wie unwohl ich mich dort fühlte. Ich wollte weg, so schnell es ging, und reden wollte ich auch mit keinem. "Wird nicht lang dauern und du bist auch so wie dein Bruder, der immer noch in der tiefen, dunklen Erde lebt. So ein Sklave des Grabes", dachte ich. Und die

Gedanken und Worte in meinem Kopf machten mir immer mehr Sorgen.

Es war nun ganz Frühling geworden und das Geld, das ich im Norden verdient hatte, ging immer mehr zur Neige. Wieder saßen wir abends am Feuer. Wie ein einsamer Chor. Verloren in Gram. Ich trank und trank. Mein Bruder wie immer neben mir. Und da wurde mir ganz klar, dass das Leben eine Last ist, die wir beide nicht tragen konnten. Ich wusste nicht, was mit mir los war, aber ich fing an zu weinen und dachte an die vielen anderen Menschen, denen es genauso ging.

Ich dachte an die alten Hendersons, an ihren Sohn, der einfach so durch ein Missgeschick krepiert war, an meine Eltern, die sich sicher auch ein anderes Leben gewünscht hätten, an Rosemary, die so erbärmlich gestorben war, ohne dass sie wirklich angefangen hatte zu leben. Und ich war weggegangen von ihr und sie hatte gewartet, obwohl wir uns nichts versprochen hatten.

Nicht zu begreifen, was die Menschen alles ertrugen. Was alles von ihnen verlangt wurde, was sie alles auszuhalten hatten seit Gott Adams Acker verfluchte und die Menschen seitdem um jedes kleine bisschen von was auch immer kämpfen mussten. Jedenfalls hat uns das unsere Mutter immer vorgelesen, als Van und ich Kinder waren. Alle Menschen taten mir auf einmal unfassbar leid. Ob die dralle Blonde hinterm Tresen, die beiden Typen am Tisch - ja, sogar dieser Scheiß-Kerl, den ich auseinandergenommen hatte, tat mir plötzlich unerträglich leid. Ich glaube, ich dachte an jeden Menschen, dem ich je begegnet war. Dachte an alle Menschen, die je geboren wurden. Doch am Ende dachte ich immer nur an meine kleine Rosemary.

Ich spürte, wie mir die Tränen den Hals runterliefen und zerdrückte dabei vorsichtig die Bierdose in meiner Hand. "Bist du in Ordnung, Jim?", hörte ich ganz plötzlich die Stimme meines Bruders. "Ich hab nur an Rosemary gedacht", antwortete ich ruhig, ohne gleich zu begreifen, dass Van gerade die ersten deutlichen Worte gesprochen hatte, seit ich bei ihm war.

Ich wendete meinen Kopf zu seinem und da schaute er mich mit ganz klaren Augen an und ich sah, dass er alles begriff. Dass er alles, was ich in den letzten Minuten gefühlt hatte, auch fühlte. Wer weiß, vielleicht sogar immer fühlte. Ich bückte mich nach einem neuen Bier, öffnete es, trank und schaute dann wieder zu meinem großen Bruder. Ganz starr blickte er ins Feuer.

## EIN GANZ ALTES LIED

Alles wie ausgestorben. Ganz still. Es ist schon spät und ihm ist kalt in seinem schwarzen Frack. Aber das ist nichts Besonderes. In diesen Tagen ist ihm meistens kalt. Längst hätte er zu Hause sein müssen. Aber er hatte einen Auftritt. Einen genehmigten Auftritt in einem kleinen Theater am Rande des Stacheldrahts. Er denkt an seine Sara, die er morgen wieder sehen wird, kratzt sich an seiner Wange und spürt die Reste der Schminke unter seinen Fingernägeln. Als er in die Straße einbiegt, in der das Haus steht, in dem seine Mutter und seine Geschwister wohnen, atmet er tief ein und die Kälte füllt seine Lungen. Er ist müde vom vielen Singen.

Irgendetwas hört er. Es kommt vom Ende der Straße. Von dort, wo seine Familie jetzt leben muss und er selbst auch. Seine Beine fangen wie von selbst zu rennen an. Etwas in ihm hofft darauf, dass er sich irrt. Aber er irrt sich nicht. Weinen, betteln, schreien, lachen. Die Stimmen, die weinen und betteln, kennt er. Die anderen Stimmen kennt er nicht.

Er rennt so schnell wie noch nie in seinem Leben. Von weitem sieht er, wie einige Männer in Uniform seine Mutter, seine fünfzehnjährige Schwester und seinen neunjährigen Bruder aus dem Haus treiben. Die Frauen werden an den Haaren herausgeschleift, der Junge getreten, dass er hinfällt. "Nein, nein!", schreit er, als er das sieht. Er springt auf einen der Männer zu, aber ein Gewehrkolben trifft ihn hart am Kopf, sodass auch er zu Boden geht.

"Na, wen haben wir denn da? Respekt bitte. Wir haben einen ganz feinen Sänger hier", sagt der Uniformierte, der wohl der Anführer ist. Seine Stimme überschlägt sich fast vor Hohn. "Weißt du, was jetzt gleich passiert, du dreckiger Jude? Ich werde euch alle erschießen. Euch alle!" Die anderen Männer lachen.

Dann sagt einer: "Wenn er so gut singen kann, soll er uns doch was vorsingen." "Ja, singen soll er!", ruft ein anderer. Der Anführer zögert kurz, dann nickt er grinsend. "Franz! Oh, bitte nicht!", weint seine Mutter, so als hätte sie sich gewünscht, dass er weggelaufen wäre. Aber er ist hier, richtet sich mit Mühe auf, sodass er jetzt vor den Männern kniet. Seine Familie hinter ihnen, ihm gegenüber. Blut läuft von seiner Schläfe langsam das Gesicht runter zum Kinn.

"Du hast es gehört. Du sollst singen. Und wehe du fängst an zu heulen. Wenn du heulst und nicht singst, dann erschieße ich erst den Juden-Bengel, dann die junge Hure und danach die alte Hure." Ganz ruhig sagt der Anführer das. Dann schreit er wieder: "Hast du das verstanden, du gottverfluchte Juden-Sau!"

Einen Moment lang fragt sich Franz, was er diesem Mann getan hat, dass der ihn so sehr hasst. Er kann sich aber nicht daran erinnern, dass er jemandem je ein Leid zugefügt hätte. Aber jetzt könnte er es tun. Wie gerne würde er einem dieser Herrenmenschen das Maschinengewehr aus den Händen reißen und so oft auf sie schießen, bis sie alle zehn Kilo schwerer wären. Schön wäre es auch, wenn sein Vater, der ein kräftiger Mann war, mit einem großen Schwert vom Himmel herabgestiegen käme und diese Höllenwesen in Stücke hacken würde.

Aber sein Vater war auch nur ein friedlicher Mann. Er hätte sich auch nicht wehren können. Franz ist froh, dass sein Vater gestorben ist, ein Jahr, bevor das Unglück begann. Besonders jetzt ist er froh darüber, als er seine Schwester so erbärmlich weinen sieht.

"Bitte, bitte sing, Franz", wimmert sie. So, als ob das etwas ändern könnte. Er schluckt seine Tränen runter und fängt an zu singen. Am Anfang leise und die Stimme zittert. "Lauter!", brüllt sein Publikum. Und er singt lauter. Seine Stimme wird voller. Er singt sein komplettes Programm, das er einige Stunden zuvor auch schon gesungen hat. Während er auf seinen Knien singt, geht der Anführer auf und ab und bleibt nach einer Weile hinter Franz stehen. Die Pistole in der Hand. Doch Franz lässt sich nicht aus der Ruhe bringen. Er singt. Es ist sein Beruf zu singen.

"Sing mal Bel Ami, Jude!", ruft einer. "Oder was aus der lustigen Witwe!", wünscht sich ein anderer. Ein dritter kommt auf die Idee, dass es doch vergnüglich wäre, wenn seine Schwester tanzt, während er singt, und sich dabei auszieht. Sie tut es. Seine Mutter hält seinen kleinen Bruder im Arm und Franz schließt die Augen und singt weiter.

Nach einer Weile hört er die Männer pfeifen und johlen. Dann Stille.

Es ist viel Zeit vergangen und er weiß nicht, was er noch singen soll. Seinem Publikum fallen auch keine Wünsche mehr ein. Aber der Kerl hinter ihm brüllt, dass er weitersingen soll.

"Ich zähle bis fünf. Wenn du dann nicht dein Maul aufmachst und singst ... du weißt, was dann passiert!"

Franz hört ihn zählen und alles, was ihm einfällt, ist ein ganz altes Lied. Ein hebräisches Lied, das er als Junge immer gerne in der Synagoge gesungen hat. Bei vier fängt er an zu singen. Und es kommt ihm so vor, als hätte er noch nie ein Lied so gut gesungen wie dieses jetzt. Blutend auf den Knien. Einige der Männer lachen. Einer beißt auf seinen Lippen herum, schaut nach unten. Das Lachen verliert sich mehr und mehr, je länger er singt.

Das Lied ist zu Ende. Er öffnet seine Augen. Alles still, wie ausgestorben. Durch seine Tränen hindurch sieht er die Augen seiner Mutter. Der Mörder hinter ihm rotzt auf den Boden und schießt.

## AM STRAND

Es wurde schon langsam dunkel. Schwarze Fetzen bedeckten Teile des Himmels. Von weitem konnten sie den Aufgang zur Promenade erkennen. Wussten aber, dass noch ein ordentliches Stück zu gehen war.

"Alles kommt einem so nah vor am Strand, ganz schnell zu erreichen. Und irgendwann werden dann die Beine schwer." Sie hatte, während er das dachte, ihre Stiefel ausgezogen und platschte barfuß durchs kalte Wasser. Er ging dabei mit ein paar Metern Abstand neben ihr und schaute sie an. Wie glücklich sie jetzt wirkte und vielleicht sogar wirklich war. Als wären alle Sorgen vergessen, da mit den kleinen Füßen im Wasser. "Wie lange kennen wir uns jetzt schon? Es müssen bald zehn Jahre sein."

Und immer, wenn er merkte, dass er zu traurig wurde, ging er zu ihr hin und umarmte sie, küsste sie. Dabei musste er aufpassen, dass seine Schuhe nicht zu nass wurden. Schließlich hatte er sie ja noch an und sie waren ungeeignet für den Strand. Sie lachte immer heftig los, wenn er schnell zurücklief, wenn das Wasser etwas stürmischer angespült wurde. "Zieh die Dinger doch aus", sagte sie schmunzelnd. "Keine Lust auf 'ne Erkältung", antwortete er und ließ lieber einige flache Steine über die Wellen sausen.

Es war schon ganz dunkel, als sie den Aufgang erreichten. Sie putzte den Sand von ihren Füßen und zog wieder ihre Stiefel an. Die Holzbretter unter ihnen knarrten, während sie schnell Richtung Ort gingen. Sonst war nur der Wind zu hören, und der war kalt. Das kleine Restaurant, in dem sie schon so oft gemeinsam waren, war bald erreicht.

Zum Glück hatte es geöffnet. Bei ihrem letzten Urlaub vor einem Jahr war es nämlich geschlossen und sie waren beide sehr enttäuscht gewesen. Die Wärme tat ihnen gut. Der Wirt begrüßte sie freundlich und sie setzten sich an einen der Tische nahe am Kamin. Sie bestellten beide ein großes Bier und schauten in die Karte. Und während sie vor sich hinblätterte und der Kellner die Kerze anzündete, spürte er wieder so erschreckend stark, wie sehr er sie liebte. Alles an ihr. Schon immer. Es war eher so, wie er sich vorstellte, dass man seine Tochter, sein Kind lieben würde. Niemals will er Kinder haben, war ihm ganz klar. Denn wenn es wirklich so wäre, dass er sein Kind noch mehr lieben würde, sogar noch mehr als sie, dann wäre er verloren.

Ein alter Mann setzte sich mit seinem Enkel an den Tisch neben ihnen. Wie sie lächelnd den kleinen Jungen anschaute. Aber sie will auch kein Kind. Da war er sich sicher. Jedenfalls nicht mit ihm. Sie tranken ihr Bier, bestellten beide eine Fisch-Platte, schauten sich an, schwiegen, redeten.

Ihre Mutter war vor vier Monaten gestorben und sie machte sich Sorgen um ihren Vater, so ganz allein. Immer noch musste alles Mögliche geregelt werden. Er dachte daran, wie oft er mit ihr im Krankenhaus gewesen war. Wie unwürdig ein so langes Sterben ist. Aber er war glücklich, dass sie so gelacht hatte am Strand.

Das Essen kam und sie brachen ein Gespräch ab, das

sie schon so viele Male zuvor geführt hatten. Es war sinnlos, noch öfter darüber zu sprechen. Nach einigen Minuten Schweigen fingen sie wieder an zu reden. Sie redeten über die Hochzeit, zu der sie nächsten Monat eingeladen waren, über die Ausstellung, die sie sich morgen anschauen wollten und darüber, dass der Urlaub in zwei Tagen wieder zu Ende war. Immer wieder strahlten sie sich an. Er strich ihr über die Wange und sie küsste seine Hand.

Sie gingen aus dem Restaurant zurück zum Strand. Es war noch dunkler und Nebel kroch über die Dünen bis runter zum Meer. Keiner sagte ein Wort. "Nicht einfach, den Weg zurück zu finden", dachte er. Sie gingen eng umschlungen. Immer weiter. Nach einer Weile ließen sie einander los und sie gingen nebeneinander, einige Meter voneinander entfernt. Es regnete und der Regen vermischte sich mit Tränen. Der Wind peitschte ihm ins Gesicht und er schaute raus aufs Wasser. Er sah die Sterne und irgendein Leuchten weit draußen. Sie kam wieder zu ihm und er spürte, wie sie seinen rechten Arm mit ihren beiden Armen umfasste. Ganz fest. Er schaute runter auf den Boden unter ihren Füßen, der kaum zu erkennen war, dann wieder aufs Meer.

Der Wind war so laut und er wusste, dass es vorbei war. Und sie wusste es auch.

## DER ZWERG TANZT

Das Flackern der kaputten Straßenlaterne warf ein unregelmäßiges Licht auf den Schneematsch zu seinen Füßen. Er zündete sich eine Zigarette an und ging weiter. Es war in den letzten Tagen sehr kalt gewesen, aber jetzt schmolz der Schnee wieder. Trotzdem ärgerte er sich, dass er nicht doch seine Winterstiefel angezogen hatte. Er fror und dachte beim Gehen daran, wie er vor so vielen Jahren in diese Stadt gezogen war. Diese unzähligen Abende, an denen er nichts tat als draußen rumzulaufen, sich oft verlief und der Höhepunkt darin bestand sich irgendwo ein Bier und Kippen zu besorgen.

Ein Jahr lang hatte er so gelebt. Mit keinem Menschen sprechen, außer kurzem und belanglosem Gequatsche an der Uni und "Hallo" - "Danke" - "Tschüss" im Supermarkt oder Kiosk. Kaum zu ertragen, aber er hatte es ausgehalten und es gab Stunden, in denen er sogar eine seltsame Gewissheit in sich spürte, als müsse alles genau so sein, damit dann bald gute Zeiten für ihn kommen würden.

Sie kamen. Das Mädchen, das er liebte, verliebte sich endlich auch in ihn. Die beiden kannten sich schon seit der Schule. Die Liebe war stark, aber nach einigen Jahren war es vorbei. Manchmal fragte er sich, ob sie wohl immer noch in der anderen Stadt wohnte, in die er wegen ihr damals so oft gefahren war. Aber ihr letzter Kontakt war mittlerweile drei Jahre her und er dachte nicht mehr oft an sie.

Wenn er mit seinen kalten Füßen schnell ging, wäre er in zehn Minuten zu Hause, aber die Kneipe, an der er gerade vorbei ging, sah so einladend aus. Ein Bier im Warmen und dann heimwärts segeln.

Es war ziemlich voll in dem Laden für einen Montag und er setzte sich auf den letzten freien Barhocker. Als er sein Bier bestellte, hörte er eine durchdringende Stimme, die den Lärm der vielen einsamen Männer spielend übertönte. Er drehte sich leicht nach links um zu sehen, woher die Stimme kam.

Da stand ein kleinwüchsiger Typ, der einen Schnaps nach dem anderen kippte. Er hatte sie auf dem Tisch vor sich aufgereiht und war gerade groß genug, um sein Kinn grinsend auf der Tischplatte abzulegen. Die Besoffenen, die an dem Tisch saßen, waren selbst im Sitzen viel größer als er und auch wenn nicht zu verstehen war, was sie sagten, war offensichtlich, dass sie den Kleinen ärgern und verhöhnen wollten. Doch der ließ sich nicht die Butter vom Brot nehmen.

"Was soll ich denn machen, ihr Affenärsche? Für euch Handstand machen und jonglieren?" Seine Stimme war als einzige gut zu verstehen und er redete immer weiter. "Ich bin besser als ihr alle zusammen, ihr Loser. Schickt mir doch mal eure Frauen vorbei. Die knall' ich, bis sie Massa wimmern!" Einige der Typen am Tisch lachten. Einer von ihnen schaute immer finsterer. "Und wenn ich mit denen fertig bin, verwöhn ich eure Mütter. Denen stoß ich die alten Mösen eckig!"

Ganz schlechte Idee, die Mutter von 'nem Betrunkenen zu beleidigen. Vor allem, wenn der doppelt so groß ist wie man selbst. Der finstere Blick verwandelte sich in blanke Wut. Doch bevor er den frechen Zwerg erwischen konnte, hielten ihn seine Freunde fest und versuchten ihn zu beruhigen und nach einer Weile gelang es. Die ganze Kneipe lachte und alle sahen zu, wie die kleinen Hände das nächste Schnapsglas griffen.

"Kann in dem Puff hier keiner die Musik lauter machen? Ist das ein müder Laden hier!"

"Nicht zu fassen, was für ein Arsenal an Sprüchen in dem Kleinen stecken - wie schlagfertig der ist", dachte er, während seine Füße langsam warm wurden und er den ersten Schluck Bier genoss. Hinter ihm ging es munter weiter, aber er drehte sich weg. Er wollte nicht so gaffen wie die anderen Penner am Tresen.

Einer von denen stand auf. Der Barhocker neben ihm wurde frei. Aber nur ganz kurz. Sofort setzte sich ein anderer.

"Hey, Daniel - Bist du's?" Er war so müde und in Gedanken, dass er erst gar nicht begriff, dass er gemeint war. Dann drehte er sich widerwillig zu dem Mann, der jetzt neben ihm saß. Es dauerte einen Moment, bis er ihn als einen alten Schulfreund erkannte. Sie hatten gemeinsam Abitur gemacht und sich seitdem nicht mehr gesehen.

"Hey, ich bin's - Florian. Kennst du mich noch? Wahnsinn, dich hier zu treffen."

Ziemlich dick war er geworden und einen Vollbart trug er auch. Aber jetzt erinnerte sich Daniel wieder. So überschwänglich war er auch früher schon gewesen. Echt ein lieber Kerl, aber das viele Gerede.

"Wie komm ich hier bloß schnell wieder weg?", dachte Daniel. Er selbst redete kaum was. Manchmal kam es ihm so vor, als habe er Small Talk für immer verlernt. Stattdessen trank er ziemlich schnell und zündete sich eine an, während sein Schulkamerad immer weiter und weiter redete.

"Ey, macht endlich die Musik lauter, ihr Scheißer!", schrie der Kleinwüchsige hinter ihnen zum Barkeeper rüber, da sein Wunsch immer noch nicht erfüllt worden war. Wieder lachten und grölten die anderen Betrunkenen.

"Voll cool, der Zwerg. Guck mal!", sagte Florian.

"Hab ihn schon gesehen", sagte Daniel.

Mehrmals versuchte er sich zu verabschieden, aber jedes Mal bestellte Florian ein neues Bier und einen neuen Schnaps für ihn mit und redete und redete. Daniel merkte, dass er langsam sauer wurde, aber immer noch lächelte er freundlich.

Dann sagte Florian, nachdem er lang und breit von seiner Frau und seiner zweijährigen Tochter erzählt hatte, ganz plötzlich: "Sag mal, hast du eigentlich mal wieder was von Marie gehört?"

Dieses Thema hatte ihm gerade noch gefehlt. Knapp sagte er: "Nein", und das stimmte ja auch.

"Echt nicht? Aber die wohnt doch schon seit knapp drei Jahren hier." Sein Magen krampfte sich zusammen, als er ungläubig "Was?" antwortete.

Florian redete weiter: "Ja, die hat mich sogar angeschrieben letzte Woche. Viele aus unserm Jahrgang. Bin nächsten Monat zu ihrer Hochzeit eingeladen. Weiß ja, dass du mal verknallt in sie warst, also versteh mich nicht falsch, aber ich hätte nicht gedacht, dass die Mal ein normales Leben führt. Krass. Wart mal ab, in einem Jahr hat die bestimmt sogar 'nen dicken Bauch..."

Daniel stellte sein Bierglas auf die Theke und die Musik wurde lauter gedreht. Er hörte nicht mehr, was das unwissende Arschloch neben ihm noch alles sagte.

Er saß nur da und begriff nicht, dass sein Herz noch schlug. Wie konnte es nur möglich sein, dass sein Herz einfach weiter schlug und er nicht tot nach vorn kippte, mit der Stirn auf die Theke knallte und dann einfach zu Boden fiel.

Ein schlimmer Würgereiz stieg in ihm auf. Wenn er nicht schnell aufstand und ging, würde er bald diese verdammte Kneipe überfluten mit allem, was in ihm war. Den Tresen, die Spüle, den Boden. Bis hoch zu den Knöcheln. Ein Meer aus Schmerz, Alkohol, Essensresten, Magensaft und diesen kleinen Stücken von gegorener Liebe, die nie seinen Körper verlassen hatten, würde bald aus seinem Mund geschossen kommen. Und er würde nicht aufhören können, bis er völlig leer wäre.

Abrupt stand er auf. Wenn er mit seinen betrunkenen Füßen sehr schnell ging, könnte er es vielleicht nach Hause schaffen und erst dort heulend und kotzend zusammenbrechen.

Ohne sich zu verabschieden, ging er Richtung Tür. Die anderen Männer schrien und klatschten.

Der Zwerg war inzwischen auf einen der Tische geklettert und tanzte.

## LIEBE

Früher hatte es Michael immer Kraft gegeben, auf der alten Bank nahe der Promenade zu sitzen und die Schiffe zu betrachten, die so selbstverständlich auf dem Wasser ruhten. Alles ganz dunkel, doch der Tagesanbruch war nicht mehr fern. Viele Lichter spiegelten sich auf den sanften Wellen und verschwammen dann.

So saß er immer da, nach vorne auf die kleine Mauer gestützt, die ihn vom Hafenbecken trennte. Doch diesmal war es anders. Er weinte ohne Halt. Und das, obwohl Martin bei ihm war. "Wir müssen zwar nicht mehr ins Straflager, aber viel besser ist das hier alles auch nicht. Wir sind nicht frei. Nie. Verdammte Scheiße." Das sagte Martin, während er Michael fest im Arm hielt und einige Male küsste er ihn sogar. Das hatte er draußen noch nie getan. "Wein' ruhig weiter, lass den Dreck raus."

Vor ein paar Stunden waren sie bei Michaels Eltern gewesen, um mit ihnen zu reden. Martin wollte am Anfang nicht und hatte recht damit. Es gab Geschrei, Fassungslosigkeit, Wut, Tränen. Und als sich Michaels Vater wie eine pubertierende Vierzehnjährige im Badezimmer einschloss und seine Mutter weinend sagte, dass es besser wäre, wenn die beiden jetzt gehen würden, war das Gespräch nach zehn Minuten endgültig beendet.

"Sie hat eh immer nur getan, was der Alte wollte. Hat es nicht anders gelernt", dachte Michael. Seine Mutter tat ihm leid und er weinte noch mehr, wenn er an sie dachte. Aber da war auch eine Wut in ihm, die er noch gar nicht kannte.

Martin war da ganz anders. Er hatte Michael schon vor sechs Monaten, als sie sich kennenlernten, direkt gesagt, dass er von den Menschen nichts hält. Er war fast immer wütend. Nur manchmal nicht, wenn sie allein waren. Das Weinen wurde nicht weniger und Michael merkte, dass Martins Pullover schon ganz nass war von Rotz und Tränen. Doch der hielt ihn weiter im Arm. Aus einer der Hafenkneipen war noch Musik zu hören. Dann die Stimmen von drei Männern, die aus der Kneipe auf die Straße gingen. Sie sangen irgendwas und lachten. Eine Bierflasche ging klirrend zu Bruch.

"Scheiße!", schrie einer in unangenehmer Lautstärke. Dann war es wieder still. Aber nur kurz. Michael merkte, wie Martin verkrampfte, als ein "Hey, guckt euch mal die da an!" die Stille wieder beendete. "Das sind doch zwei Typen!" "Guckt euch die Tunten an!" Lautes Lachen. "Dreh dich nicht um. Lass die Idioten", flüsterte Michael ruhig. Aus irgendeinem Grund hatte das Gebrüll sein Weinen beendet.

"Ey, wir reden mit euch!" Martin schaute starr auf das Wasser vor ihnen. Immer noch saßen sie eng umschlungen da. Die Besoffenen wurden immer lauter, immer wütender. Dass Martin und Michael sich nicht umdrehten, ärgerte sie bis aufs Blut.

Dann schrie einer: "Fickt euch doch gefälligst zu Hause in den Arsch!"

"Fickt euch doch selber", schrie Martin jetzt zurück, ließ Michael los und sprang auf. Die Typen grölten unverständliches Zeug, als Martin geradewegs, schnell und wütend auf sie zuging. Michael wollte ihn noch festhalten. Ohne Erfolg.

Als ihm klar war, was passieren würde, stand Martin schon vor den drei Jungs, die wohl noch jünger waren als er selbst. "Was wollt ihr von uns, was wollt ihr?", sagte Martin drohend. "Wie der sich aufregt. Süß. Gleich fängt er an zu heulen", lachte der Typ, der direkt vor Martin stand. Die Köpfe nah zusammen.

"Wollt ihr ein paar auf die Fresse, ihr dummen Schweine?", brüllte Martin zurück. Einen Moment standen sie alle bewegungslos da, als Michael "Komm zurück, Martin! Das bringt doch nichts!" zu ihnen rüber rief. Der Typ zog sich ein paar Zentimeter von Martin zurück, grinste und sagte dann: "Ist besser, du hörst auf deine kleine Schwuchtel."

Michael schrie "Nein", als Martin zuschlug. Aber da schoss schon Blut aus der Nase des betrunkenen Grinsers. Ein weiterer Schlag folgte. Dann packten die beiden anderen Besoffenen Martin und der dritte hatte sich wieder aufgerichtet. "Dich mach ich kaputt!" Und das tat er auch. Völlig außer sich schlug er auf Martin ein. "Hört auf! Lasst ihn los!" Michael wollte gerade dazwischen gehen, aber die beiden anderen hatten Martin losgelassen und hielten jetzt Michael fest. Er musste mit ansehen, wie Martin am Boden lag und immer wieder getreten wurde. Auch gegen den Kopf. Immer wieder.

Der Schläger hätte wahrscheinlich noch stundenlang weiter gemacht, aber jetzt war es sogar seinen beiden Kumpels zu viel. Michael eilte sofort zu Martin, als sie ihn endlich losließen und stattdessen ihren fluchenden Freund packten, damit der nicht weitere zehnmal zutrat. "Das reicht, verdammte Scheiße!" - "Bist du blöde?!" Schnell zogen sie ihn weg. "Scheiß-Schwuler!", zischte er noch.

"Rufen sie bitte einen Krankenwagen! Bitte! Schnell!", schrie Michael einigen Leuten zu, die durch die Prügelei aus der Kneipe gelockt worden waren. Einer von ihnen ging, nach kurzem Zögern, hinein. Die anderen blieben stehen.

Michael hielt Martin fest im Arm und schaute zu ihm herunter. Er atmete. Ganz langsam öffnete er die Augen. Und als sich ihre Blicke trafen, lief ihm Blut von der Wunde am Kopf ins rechte Auge. Das tat Michael so weh. Das Blut in den schönen blauen Augen zu sehen, die er so liebte.

Aber in diesem Moment wusste er alles. Er wusste, dass alles gut werden würde. Der Krankenwagen würde rechtzeitig kommen. Da war er auf einmal ganz sicher. Und er verstand jetzt auch, warum Martin oft so zynisch und abweisend war. Dass er einfach nicht anders konnte, weil die Dinge eben waren, wie sie waren. Aber vorhin hatte er ihn ganz festgehalten, als er am Ende war. So fest, wie er selbst jetzt Martin in den Armen hielt. Und Michael war klar, dass sie zusammen alles aushalten würden, niemand sie aufhalten konnte, sie zusammenbleiben würden für eine lange Zeit.

Und er wusste, der Krankenwagen würde rechtzeitig kommen.